多浪情歌 一

刘亚博 著

陕西新华出版
太白文艺出版社·西安

图书在版编目（CIP）数据

多浪情歌 ：全三册 / 刘亚博著. -- 西安 ：太白文艺出版社，2023.9
ISBN 978-7-5513-2369-7

Ⅰ. ①多… Ⅱ. ①刘… Ⅲ. ①诗集－中国－当代 Ⅳ. ①I227

中国国家版本馆CIP数据核字(2023)第052727号

多浪情歌

DUOLANG QINGGE

作　　者　刘亚博
责任编辑　蔡晶晶
策　　划　马泽平
封面设计　寻　觅
版式设计　陈宝霞
出版发行　太白文艺出版社
经　　销　新华书店
印　　刷　玖龙（天津）印刷有限公司
开　　本　880mm×1230mm　1/32
字　　数　296千字
印　　张　20.75
版　　次　2023年9月第1版
印　　次　2023年9月第1次印刷
书　　号　ISBN 978-7-5513-2369-7
定　　价　98.00元（全三册）

联系电话：029-81206800
出版社地址：西安市曲江新区登高路1388号（邮编：710061）
营销中心电话：029-87277748　029-87217872

出版说明

《多浪情歌》（全三册）是诗人刘亚博用其笔名多浪子命名的一套诗集。

《多浪情歌（一）》是描述大美新疆阿克苏的诗集。

《多浪情歌（二）》是描述高原地区风景的诗集。

《多浪情歌（三）》是描述海南省的自然生态及人文环境的诗集。

整套诗集通过诗人的所见所闻所感，以诗歌和摄影的形式展现祖国的山川壮丽和幅员辽阔，表达作者对这片土地的热爱之情。诗歌风格平淡质朴 ，随意抒写，不拘泥于形式，展现出自由活泼的艺术风貌。

刘亚博

2023 年 7 月

目　录 contents

辑一

辑二

辑三

辑四

辑一

时光

点燃了一把火

不是为了照亮前方

而是

为了寻找时光

时光的影子

常常在夜色里光临

有一天

触摸时光的灵魂说

点起火把

这样可以看见它的影子

004

多浪情歌

愿望

我有一个美好的愿望
从此不再因奔波而疲惫

我的愿望
把幸福的种子
种在门铃上
从此
访者的到来
就使我听到了幸福的敲门声
当然
这也是回馈给他的礼物

我不知道
这个愿望能否实现
我只知道
如果幸福的种子能够随便播种

这种消息

对我来说就是最大的幸福

如果这样

我将带着这个伟大的愿望

走过岁月

并在每个黑夜

酣然入睡

李白

我在去碎叶的路上
渴望遇见你来时的马车
在跨越时空的大漠里
我看到了和你一样的月光

一千多年前
在这条寂寥的丝路上
从西往东
孩童时的你
常常枕着大漠的月色入睡
从那一刻起
故乡就是这轮明月

一千多年后
也在这条寂寥的丝路上
从东往西

寻找你的我

常常枕着你的诗歌入睡

从那一刻起

你就是这轮明月

语言

让所有的风
和所有的声音
包括驼铃的声音都停下来
这个世界安静极了

此时
心跳如钟声一般
不停地唤醒记忆深处的清晨
那些往事
如洪水
瞬间轰鸣而来
瞬间又寂静在现实的世界里

语言
我需要记录和传承
任意的一个时期

它的存在

保存了记忆中的世界

唯爱一样

最真诚的故事

那属于一瞬阳光陪伴的时间

也许

就像走过温宿大峡谷一样

遇见了等候遇见的符号

它们被大自然镌刻在那红色的崖壁上

在向一个文明倾诉着另一个文明

关于爱的表达

这是一个伟大的交流

我的语言

此时在安静的世界里

等待绽放

在心结打开的那一刻

让时光成为镌刻者

给予未来一道来自遥远世界的光芒

火焰

在冬天的酒杯里
点燃一把熊熊烈火
我不时地把这火焰一饮而尽

这前赴后继的酒精
流淌在一片多情的森林中
干枯的冬季
这场火的盛宴
由你而发

星星之火
燃烧了半个世纪的忧伤
这源远流长的爱河
汹涌澎湃
全是你的笑意

我喜欢这样的燃烧

让爱疯狂

让时光倒流

行李

离开阿克苏的时候
我把塔村装进了行囊
一路上
总能听见动人的心跳

我是一个腼腆的诗人
为了带走你
我带走了整个村庄

016

多浪情歌

光

我看见的光
它从头到脚带着幸福
它似乎来自你黑色的眼眸
一种会说话的颜色
总是让我学会倾听

从来不曾
离开你的视线
即使在梦中
也是在蓝色的星空下

奔跑
我的勇气和爱
追逐着
光
这来自你的光芒

多想亲吻你黑色的眸子

把最温暖的光

装在我的心中

让我成为光

作品

雪的作品

是一望无际的洁白

我的作品

是行走过村庄的痕迹

你的作品

是我无法忘却的火焰

感恩

这一天
云彩以雪花的形式
为你铺上圣洁的地毯

这一天
你仰望天空
让黑色的眸子
学会了拥抱

022

多浪情歌

赠别

我走了
这三个字
是世界上最短的情诗

每个赠别
都是一种回望
每个赠别
都是一种热爱

赠别
让心潮涌动
距离
让前方模糊

024

多浪情歌

诗人的夜晚

把诗一样的话语
点燃
这是我们的烛光
畅想每一个美好的瞬间
这是心底燃放的烟花

从前留给今天的酒
刚出窖
芬芳浓烈了心语

诗人们的夜晚
把每颗玻璃一样的心
捧在手掌
闪烁着流星的灿光

房子里的火炉

把聚会烤得通红

开出了欢乐的笑花

窗外的星光

在多浪河里闪烁着光斑

阿克苏的礼物

在每个清晨
与多浪河的涟漪一起
歌唱

阳光是一种有温度的礼物
献给你
我心潮澎湃的远方

从未有过预约的寄思
从未奢望的共鸣
与碧水一起流淌吧

杯水
此时也在一起涌动
一样随波逐流
流淌向遥远的地方

苏巴什的梦

我从尘埃中走来
苏巴什[1]古城
这个梦中的地方
总是激起
每个拜访者一种热情

雄伟的天山下
灵魂的故乡
在千百年的风中
屹立

尘埃
给了我尘埃一样的生命
飘摇的梦
带着行者的向往
亲吻着脚下的这片土地

[1]“苏巴什”指阿克苏地区库车市的苏巴什佛寺遗址。

阳光
刻画着每一段往事的痕迹
心灵
沉浸在所有的光影之间
和风一样
你看不见它的样子
却抚摸着它的故事

苏巴什是个梦
我穿越往事的中央
拥抱着
所有的遇见
和对你的爱
在大漠的深处

宁静的心
在这里
终于慢慢地
慢慢地沉睡了

聆听者

在大漠的孤独里
和齐兰古城相遇
聆听
开启了时空之间的倾诉
听得出
炊烟和繁华
看不见
回眸的一笑

凝聚在时间里的情愫
在这片干枯的大地上发芽
从我们遇见开始
你的气息
一直在守候和我的相遇
再也没有语言
只能在心跳的瞬间

阐述

这是一场梦
我回来了
我饮干行囊中所有的酒
西域的风
它也喝醉了
依偎着我和我的故事
和我
一起聆听曾经的往事

故城的夜色
将是多么寂寥
我渴望月亮早点升起
我想请它给我还原
那被尘封的记忆
那记忆深处的月光

克孜尔壁画

这是一片悬浮在空中的海洋
木扎特河里的游鱼
与海洋只隔一个跳跃的距离

在日月之间
飞天在拜访者的梦里飞舞着
梵乐是一场纯洁的太阳雨
轻轻地洗去心头的尘埃

流淌的时光里
看不见一条逆流而上的船只
让灵魂随波逐流
成为一尾没有记忆的鱼

塔村的星光

去塔村寻她
满天的星星
都在帮我寻找

它们睁大了闪烁的眼睛
不停地寻找
结果还是没有找到

忽然
有一颗星星对我说

我找到了
她就在你的心里

038 多浪情歌

致她

如果

有一天你老了

请不要忧伤

请记得

在我黑色的眼睛里

全都是你美丽的模样

张骞

流星
沿着丝绸之路的印迹
在寻找一段往事

夜梦
闪烁在璀璨的星空中

张骞
是那颗最亮的星星

他在西域的上空
寻找着遗失的年华

而我
在西域的大地上
仰望着星空

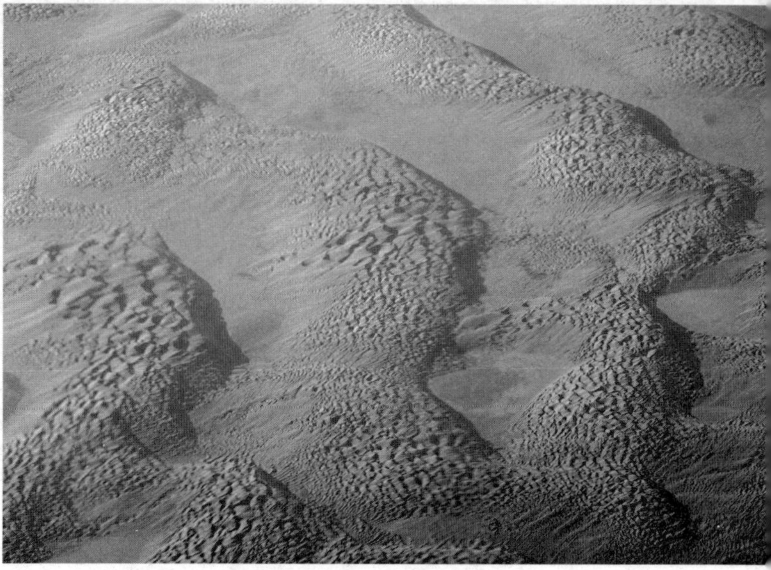

龟兹之恋

我听见
一千年前的风
我看见
一千年后的你

那一天
阿克苏的太阳照亮了天山
灿烂的光芒
在多浪河里闪耀
我是过路的旅人
在寻找李白的月亮和往事
在追寻龟兹乐舞的丰韵

我听见
一千年前的风
我看见

一千年后的你

那一晚

银色的月光落在塔里木河里

缤纷的光芒

在你婀娜的舞姿里闪耀

我是路过的旅人

在你柔情的眸光里回望

回望胡杨林中你那迷人的笑靥

我听见

一千年前的风

我看见

一千年后的你

在天山脚下的克孜尔石窟

印着你千年的容颜

在沙雅的沙雁洲

遗落着相逢时的月光

在齐兰古城的篝火里

闪烁着我对你无尽的思念

在多浪河的泪水里

流淌着往事里的涟漪

我听见

一千年前的风

我看见

一千年后的你

我听见

一千年前的风

我看见

一千年后的你

046

多浪情歌

龟兹之舞

舞的梦
沉睡了千年
伴随它的极乐之韵
还在大漠里
不时奏响
向聆听者述说
一个时期的繁华

西域的西边
在火烧云燃烧的地方
你的乐舞
和迷人的回眸
在我的心田上
在我的梦里
常常回荡

遇见龟兹

天空的灿烂
和她的王冠一样
让龟兹的乐舞
处处闪耀着璀璨的往事

这是谁
火一样的热情
沸腾着激情的答腊鼓
就这样一直沸腾着
让女人更加红润
让男人更加澎湃
让秋波涌满心海

龟兹的幻影
不断地在幻想中浮现
而我

是一个穿越了时空的路人

遇见龟兹

她那么迷人

舞动的光芒

在不经意的一瞬

让我明白了

在西域

令人着迷的不只有沙漠

还有更加迷人的龟兹

051

多浪情歌・一

赠塔里木

你是我的诗路之灯塔
闪耀在塔里木河的上空

我会为此不断耕耘
在所有的时光里
和我的诗行间
都将闪耀着你的光芒

路灯

在一杯酒中
释放或成就了自己
成就了黄昏和子夜的
落寞时光

路灯下
摇晃的影子
摇晃着我的身体
这就是路
相互搀扶的影子

岁月
就是这样的街景
太阳照耀不到的地方
月亮照耀了
而你看不到的地方
路灯看到了

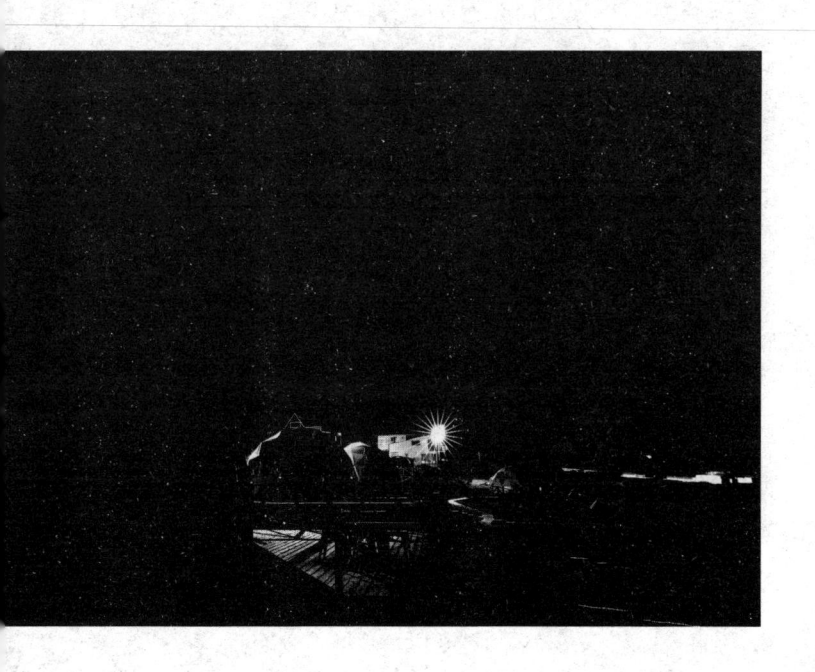

沙漏

在塔克拉玛干沙漠
行走在沙子的世界里
踩着时间的痕迹
这个世界安静极了

你是我的沙漏
躺在西域的大地上
如同干枯的眼睛
无力去描述任何孤独

任风吹起
我是滑过灵魂的泪珠
拥抱着孤独的年华

来自内心的温润
告诉我
这藏匿的沙海

在你内心的深处

于是
在每个清晨和黄昏
我在你的世界里
聆听来自沙海深处的泉鸣
这是我的内心
献给时光的爱慕

愿沉睡的沙漏
让时光静止
让我的心潮不再澎湃
让心跳成为时光的犍稚
敲打着
天地之间的遗梦

就这样
让爱永恒
永恒的还有记忆深处
那汹涌澎湃的
波涛

黑眼睛

你的眼睛
是我遇见后的回忆
这个纯净的世界
有着大海一样的柔情

我
无时无刻
不让记忆这尾游鱼
徘徊在这温暖的
波涛之中

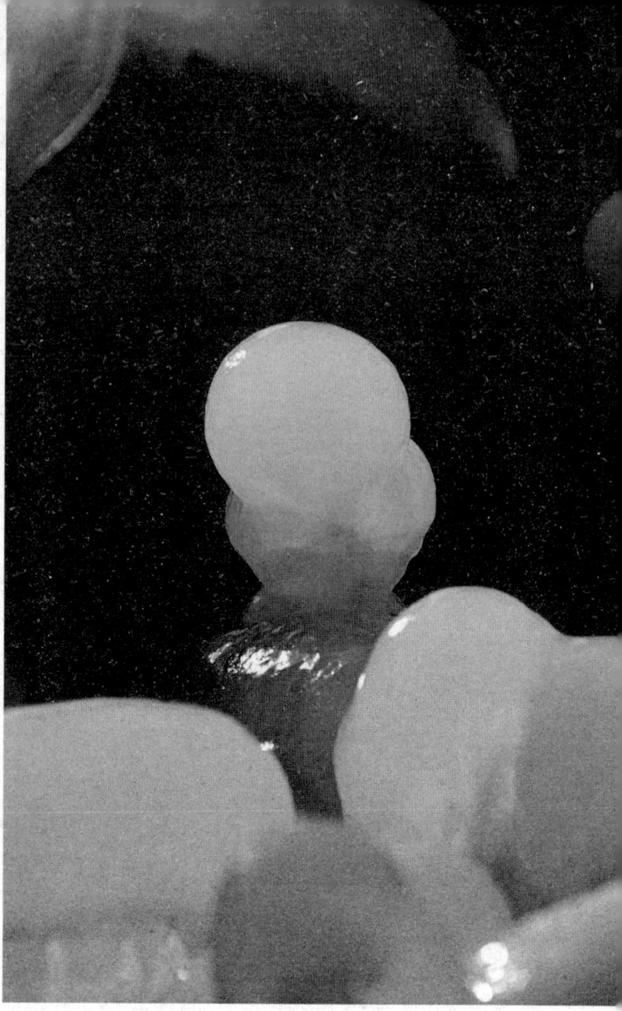

秘密

去塔克拉玛干沙漠

捡拾起一粒沙子

让它悬浮在

一个玻璃瓶子的中央

回放

关于沙漠

那个守口如瓶的秘密

她的忧伤

我问她
你的忧伤在哪里
她指了指大海

我问她
你的幸福在哪里
她指了指我

在我的窗户外面
有一片大海
在我的心里
也有一片大海

我不知道
在我心中的大海里
有一天

会不会也有了她

满满的忧伤

辑二

街景

霓虹下
光汇聚而成的河流
星光灿烂

我坐在
记忆编织的竹筏上
看着
这斑斓的流水
流淌向
他们的家园

流水之光
平静而又微波粼粼
像坠落人间的彩虹
或者天河

这无尽的流光
慢慢淡了
慢慢地沉睡了下来
和你的故事一样
慢慢地沉睡在夜色之中

过客
一座城的过客
吹着冬天的晚风
读着这陌生的光河
读着光河里陌生的往事
如读睡梦

致忧伤

一

和灰蒙蒙的天空一样
它拉上了夜幕

连星河也被它遮挡
沉寂的力量真大
浓烈了忧伤的度数

干脆不需要蜡烛
烛台的影子
会把惆怅摇晃得东倒西歪

这个浓郁的精灵
总是藏在光的影子里
无时无刻

不在刻画着诗人的肖像

有时
它像极了
喝醉时的样子

二

把自己变成了一尾鱼
就像唐僧一样
不动声色
用经文成就了意愿

从此
这尾安静的游鱼
不在忧伤中沉默
就在沉默中忧伤

一望无际的河水
总是能掩盖住
一往情深的泪痕

被忧伤封锁的语言

从此变得沉默

三

遇见了

一扇敞开的心扉

是的

里面需要一支火把

燃烧吧

温度

温暖了心扉

亮度

却划伤了夜幕

忧伤

是一棵果树

结满了沉甸甸的果实

霓裳长歌

在龟兹
有位踏舞的仙子
据说
看到她跳舞的人
一辈子都不会衰老
听到过她唱歌的人
一辈子都不会孤单

据说
她的容颜
在沙漠的月光
和绿洲的日光
之间
时隐时现
时现时隐

如果

害怕爱上她

你就要远离龟兹

如果

已经爱上她

那么你要忘记自己

荣誉

——献给天山脚下的建设者

燃烧在心中的烈火
从中原之基的天中山
到天山之基的阿克苏
一路走来
一路艰辛

然而
这满腔的热血
没有稍凉过
因为他热爱这里
热爱这里的辽阔壮美
热爱这里的淳朴热情
在这里
有党和人民的温度

在这里

有一个时代的召唤和使命

这是血液里流过的

滚烫的荣誉

这是身后母亲眼睛里

自豪的希冀

这是一个中原青年

骨子里

锻造的灵魂

十年磨一剑

他把十余年的汗水

汇流进了流淌不息的阿克苏河

他把十余年的微笑

挂在了托木尔峰的晨光里

他把十余年的艰辛

融化在塔里木盆地的月色里

十年磨一剑

他用十余年的青春

煅烧出了现代城市的尊严
他用十余年的沉默
思索着企业援疆的文化力量
他用十余年的博大
力行着富强民主团结

一个血肉之躯的十年
是怎样的三千六百五十个日日夜夜
一个优秀党员的十年
是怎样的呕心沥血不忘初心的青春年华
一个父亲的十年
是怎样热爱而又严厉而又忏悔
未能陪伴孩子的黄金时光
是怎样遥望故乡而又隐藏泪光
不能尽孝愧对母亲的遗憾岁月
一个家庭的十年
是怎样的无法诉说的蹉跎光景
......
单单就是
没有他自己的十年
自己的这十年是一场梦

梦里花落知多少
让人魂牵梦萦
不见少年时

然而
他无怨无悔
他说这就是他的人生
他为之自豪

他说
北京金山上的光芒
照绿了阿克苏的柯柯牙
照亮了塔里木河畔的千年胡杨

他说
党中央的脱贫攻坚战
温暖了戈壁滩上的牧羊人
幸福了你中有我　我中有你的民族花

他说
祖国“一带一路”的倡议

昌盛了西部
繁荣了世界
重拾千年丝路情
重现五千年中华魂

他还说
自己是渺小的
为国家
为社会
能出力
多出力

为家庭
为孩子
做楷模
树榜样

他还说
自己一直是个孩子
身后站着两位母亲
一位是伟大的党
一位是平凡的自己的母亲

是在她们的教导
鼓励
培养下
我才时刻牢记伟大使命
奋力前行

他说
前进的道路上
他不曾回头
母亲鞭策的目光在身后灼烧
世界人民大团结的场景就在前方召唤

他说
他是人民的孩子
他血液里流淌着奉献者的基因
他是幸福的
因为
他拥有伟大的母亲
和伟大的祖国

多浪情歌

追寻

我在篝火旁
编织着月光下的涟漪
远处的天山很安静
我听见了
我的内心深处
我的旧梦
它去追随流淌的往事了

忽明忽暗的火焰旁
我的等待
是一条长长的鞭子
在我深情地
饮下每一大口烈酒后
这用往事编织的鞭子
便一直在抽打着我的记忆

就在昨天

我

我赶走了

唯一陪伴我的白马

这匹一直追寻你的宝马

它怎么也不明白

一个人的追寻

那么遥远

它怎么也不明白

无望的风

吹干了戈壁滩上的眼神

都那么久了

为什么

便在一念之间

深情相遇

就像

这月光下

篝火和烈酒里

是你全部的追寻

花海

在每一次的遇见
和遇见后的期待里
播种一片花海
这是让灵魂去飞翔的世界
它是献给重逢者的礼物

天地之间
我迷失在自己的谎言里
不止一次
违心地爱上你

过客的花海
闪烁着水韵城的波光
在与太阳的遥望中
我的微笑
是来自花田的灿烂

我想

如果可以

我可以讲述给你

和我一样热爱大漠的灵魂听

这悬浮在心空的花海

是你绽放的云朵

这是阿克苏的表白

献给违心的爱人

十分真诚

您！我的朋友

您！我的朋友
在阿克苏的清晨
把江南的雨声带给了我
所以
阿克苏的深秋是绿色的
即使沙漠
也是绿色的

您！我的朋友
在阿克苏的傍晚
把盛满美酒的酒杯递给了我
所以
阿克苏的夜色是迷人的
即使醉了
也醉得迷人

您 ！我的朋友

在阿克苏的记忆里

把一望无际的回忆送给了我

所以

阿克苏的拥抱是温暖的

即便在很久很久以后

记忆也是那么温暖

时空之外的讲述

阿克苏的一场雨
把一场雪和我
带回了托木尔大峡谷

这是时空之外的地方
每一次到来
都是一种邂逅
它的讲述
跨越空间
让你浮想联翩

这个红色的峡谷
它的中央
是条来自秘境的长河
谁也不知道
它伴随着

峡谷两旁的城堡

流淌了多少个世纪

今天

在我与雪山之间

托木尔大峡谷

阳光明媚

我再次走进这个神秘的地方

在风中行走

倾听风讲述的往事

此时

关于城堡的光影

在记忆和现实之间

闪烁着

这里的故事

是那么漫长

它印在

河流消失的世纪后

如今

只能在风中追寻

或者轻轻触摸

这沧桑的崖壁感知

关于记述的符号

这种文明

始终需要纯净的灵魂去解读

这穿越时空的光

以丰富的姿态展现着

思想者的探索之路

发现者

是重拾时光的勇士

在这个跨时空的空间里

回归着

托木尔的故事

这是一本灵魂之书

沉重

而值得无限冥想

苏醒之梦

我走过世界上最大的沙漠
它不是撒哈拉
也不是塔克拉玛干
它是你已经沉睡很久的心

我想成为一峰骆驼
轻轻踩踏过你寂静的睡梦
我要寻找那鲜艳的绿洲
那里有你晶莹的泪泉

那是我的镜子
我看见了蓝天、飞鸟
和我沧桑的影子

在亲吻你的泪水时
我是多么珍惜你泪珠晶莹

我慢慢地亲吻

只希望你在温柔的涟漪中苏醒

在这个无尽的梦中

渐渐苏醒

大沙漠

在塔克拉玛干沙漠的
中央
沙与沙
一边是光
一边是影

看不见
驼队的路过
只看见
金色的胡杨
犹如坠落的星光
散布得无边无际

我想
如果星空
是大地的夜空

那么沙漠

就是天空的星空

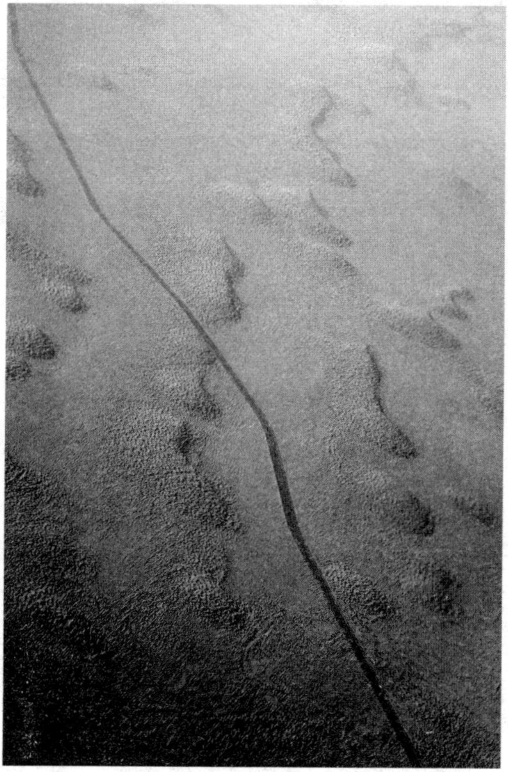

孤独的旅途

我

想让诗歌成河

像塔里木河一样

安静地

消失在遥远的地方

我

想成为一尾土著鱼

在诗歌一样的塔里木河里

穿梭

这安静的河流

它沉着

冷静

它淡泊

宁静

它博大

广阔

它流淌着岁月

和岁月里的斑斓与凄美

它是孤独之河

在进行着一场孤独的旅行

这旅途

带着包容和爱

披星戴月

滋润着远方

通向无尽

我

与河与诗

与友与情

与塔里木与星辰

与梦与幻

与无尽的岁月

一起流淌

在塔里木的怀抱里

流淌

流淌着

我的孤独之旅

和孤独之梦一起

交织着

日月星辰

沙雅的月光

很久很久以前
那是秋天的一天
金色的月亮
掉进了塔里木河里
月光溅落了一地

后来
这个地方
长出了许许多多的胡杨树

从此
这个地方
每到秋天的时候
就成了金色的世界

一望无际的胡杨树

在塔里木河旁

释放着金色的月光

热阿兹曼快餐店

中午的阳光
照在十二团团部
门前的公路旁
热阿兹曼快餐店的地方

棉花成熟的时节
采棉人多了起来
快餐店的生意忙碌了起来
就连餐厅外面的餐桌旁
也坐满了客人

路口对面
停放着几辆
拉棉花的拖拉机
雪白的棉花垛子
在蓝天下

和云朵混在了一起

此时快餐店的女主人
在厨房给我们做着家常拌面
男主人在餐厅门前的烧烤炉上
给我们烤着羊肉串
微笑洋溢在他们的脸上
就像盛开的棉花花朵

此时
各种拖拉机
突突突地从快餐店门前行驶过
这场午餐
弥漫着丰收的味道

拜城

去拜城
拜见一片稻田
如同
拜见克孜尔石窟一样
虔诚

因为
稻田给了众生生命
石窟给了众生灵魂

齐兰古城

西风
把惆怅拉得好长
好长
夜色下燃烧的篝火
红了你的脸庞

你的目光
一边煮着西域的美酒
一边抚摸着空中的月色

等
等一阵风
等你的马队到来
直到
某年某月某日的夜里
我不再抬头看那皎洁的月亮

那一刻

古城的灯都已熄灭

在燃烧的灰烬中

我看到了

晨曦中

你的马队

披着金色的晨光

从东方走来

砚石湾

天泉
是一条路
引领着灵魂
行走

晒经石
仰望着天空
等待
空灵的灵魂
带走这一纸空文

在这往来的路上
除了被掩埋的天书
就是散落的
不计其数的砚石

以心为笔

给自己

书写一页

无字经

音干圣泉

在启浪乡
在戈壁遗忘的梦里
涓涓流水
是寂寞的风里
唯一的灵动

水车和磨
研磨着大漠深处的时光
它是这个古村落里的时钟
一圈一圈地绘画着大树的年轮

行者
在干枯的骆驼圈旁
抚摸着
被岁月侵蚀后的土坯墙
他进入了骆驼的世界

关于这段时光的印记
在大地和记忆深处的皱纹里
遥远起来

绿洲和骆驼之间的距离
时远时近
在我与这个古村之间的记忆里
时远时近

此时
行者想成为一尾热带鱼
在因干的温泉里
自在地喝一杯淡茶
慢慢地
看淡这世间的
风雨

慕萨莱思

在西域

在阿克苏的阿瓦提

在刀郎部落[1]

在秘境

在一只高脚杯里

慕萨莱思

是一片金色的海洋

在我的心中

汹涌澎湃

[1]“刀郎部落”指阿克苏地区阿瓦提县的刀郎部落景区。

盛宴

在一个古老的部落

一群流浪的鱼

围绕着一堆篝火

在进行最后的狂欢

赠品

临别时
你的赠品
是一本开满鲜花的诗集
在路上
我慢慢地穿过
这迷人的花丛

从此
我和你之间的距离
仅仅间隔着
一张薄薄的信纸

十月

阿克苏的夜幕
在星河和霓虹里盛开

今天是国庆假期的尾巴
我的到来
让塔里木先生
再次说道：
“好兄弟，好家伙”

是的
我是悄悄到来的
对于友人来说
这种惊喜打开了白酒的瓶盖
在小城印象的小馆子里
我们是重逢的兄弟
诗人定制的酒

醇香弥漫在整个时空里

我们谈得很多
就像不曾放下的酒杯一样
碰撞着
关于昨天
今天和明天的浪花
就像阿克苏河
和塔里木河一样
重逢是最浓烈的遇见
它点燃的热情
涌上心头
这热情的火焰
熊熊燃烧
点亮了整座城的霓虹

这样的街头
夜色已深
酒意却依然浓烈
在西域的阿克苏

这是最深情的记忆

十月

是一场盛宴

关于灵魂

和灵魂的纯净世界

和一场遇见

归来

春风里
我告别了阿克苏
如今
归来在秋风里

时光
是那平静的多浪河
从春天
流淌向秋天

它带走了
光阴编织的树叶
却带不走
阿克苏友人的思念

我不知道

如何表达归来的思绪

就让杯酒了却思念

谁知

这小小的酒杯

却浓烈了厚厚的记忆

唐朝

那年

落叶的时候

我从唐朝的长安去唐朝的西域

除了一辆马车

便是一壶烈酒

刚出长安的时候

你说

不能回头张望

在离长安更远的时候

你还说

不能回头张望

就这样走了好久好久

你还是说

不能回头张望

于是
我只有在秋风里
点燃篝火
温起一壶烈酒
在酒杯里
回望唐朝

这个时候
我才发现
唐朝是一碗泉水
在一望无际的大漠里
它是唯一灵动的
像镜子一样的
闪烁着你的音容笑貌的
月光

对话

——致阿克苏的友人

与雨天
与您的来信对话
与那个来自安静世界的
灵魂对话

在西域的东边
遥远得
和李白对视的月光一样
遥远

我听见
你说
高贵的灵魂
在安静和孤独里沉睡
而自律

是那座时钟

它一直在悄然记录着

关于距离的时光

雨

一直在下

在深邃的天空

而我

坐在塔里木河畔的篝火旁

火苗里

你的微笑

在噼里啪啦地闪烁着

关于多浪河的波光

关于塔克拉玛干沙漠的思念

云集

让所有的幻想
成为世界的世界

一片浩瀚的大海
悬浮在空中
和无边无际的天空一样
没有边际

我看见的云朵
是蓝色的大海里
漂浮的梦想
像堆积的棉花一样
它是无数个洁白的梦

海风中
这许许多多的梦

飘来飘去

在抬起头的远方

相逢

我渴望

在彩虹来临之前

有一场久违的邂逅

让干枯

遇见一场甘霖

渡

牵着一条船
从沙漠的方向走来
在沙漠
与绿洲之间
不是阳光
就是星光

炊烟

秋天来了
乡下的炊烟多了起来

清晨
村庄里做早饭的
炊烟缓缓升起来了
田地里作业的拖拉机
也突突突地升起了炊烟
而从田间到村庄的小路上
骑着毛驴的大叔
他的烟袋锅也悠闲地
升起了炊烟

塔克拉玛干

这是风的故事
让遗落的往事堆积成山
憩息的方式
安静得如同沉睡的塔里木河
而
只要有风路过
流淌的记忆
便在心底沸腾起来

我不是塔克拉玛干沙漠
我是唐朝的影子
我累了
把往事留在了这里
这个风憩息的地方

迎接你的到来

这么多年了

我一直在倾听着你的驼铃归来

还有你的微笑

面纱下

除了我

根本没有人懂得的微笑

对视

在河与天河的界限

之间

你的位置

对于光源

它总是给你永不停息的光芒

无论你多么渺小

那拉提的晚餐

悄然无声的巩乃斯河
自东向西
安静地流淌向伊犁河谷的方向
南岸的阵雨
时大时小
让牛栏餐吧的灯光显得格外清新
金色的光芒
把草原黄昏的某种情怀点燃了
在天黑之前
一起点燃的还有那杯伊力特

细雨敲打着窗户
朦胧的草原
静得一塌糊涂
除了沙沙的雨声
还有班车站台的地方

偶尔传来的刹车声
和车门开关的声音

餐吧里的音乐好悠扬
西域风的萨克斯
浪漫在每个餐桌的灯光下
这是草原之夜的晚餐
一尘不染的绿洲里
把所有的回忆收纳
收纳在这浓浓的杯中

每一次轻轻地端起酒杯
荡漾的酒
总是和那些关于草原的回忆
一起摇晃着
一起流淌在火热的血液中
那拉提的夏天
总是这样醉人
和所有远去的记忆一样
醉人

辑三

云端托依

那一天
我去科克铁热克乡的塞克云端
参加一个托依
看望帕提玛和阿丽娜
暑假后
帕提玛就要读三年级了
而阿丽娜就要读四年级了

托依
柯尔克孜族聚会的意思
这一天的托依
真是一个快乐圆满的托依
跳舞的小羊
在我们的身旁跳来跳去
一群小火鸡在母亲的带领下
对我们表示着热烈欢迎
马群献出了鲜美的马奶子

泉水呢
在身旁的草地上叮咚作响
帕提玛和阿丽娜
坐在我们身旁的草地上
她们的微笑是这个草原最美的花朵

那一天
我是那个托依中
最快乐的人
在洁白的毡房外
喝足了鲜美的马奶子
在温馨的毡房里
喝足了滚烫的酥油茶

那一天
我是那个托依中
最忧伤的人
因为
在帕提玛的眼神里
看到了她那满满的忧伤

少年和行囊

一条路
在家乡和远方之间
崎岖着
外面的世界是那么遥远
少年和行囊
总是在路开始的地方
艰辛着

一条路
在远方和家乡之间
惆怅着
那是再也触摸不到的距离
少年和行囊
在遥远的以前
忧伤着

距离

我和戈壁

只隔一层玻璃

而你坐在我身旁

我却感觉

和你之间

整整隔着一片戈壁

文字

经常
感觉文字就像
一把干枯的棉花秆一样
塞进你的灶膛时
总是噼里啪啦地响着

直到那天子夜
遇见一个流浪在街头的老人
文字
就像一只刺猬
它闯入我的胸膛
总是让我隐隐作痛

遇见

光说
我很幸运
遇见树的绿色

树说
我很幸运
遇见光的明媚

我说
我很幸运
遇见你们

哈密

哈密是个瓜
长在丝绸之路上
从两千多年前
长到现在

东天山南北的烽火台
一直守护着它
这一切
淖毛湖的胡杨
知道
巴里坤的牧场
知道

哈密
就是一个甘甜的瓜

城

一座城
和乌鲁木齐的味道像极了

曾经
在记忆里来过这座城
那是个夏天
友好路的一家咖啡厅里
遗落着那个午后的时光

面对面
与你
在那幅宁静的画面里
认真地倾听着
这座城的心跳声
和搅动咖啡的声音
窗外

是飘浮着云朵的蓝天

许多年以后
也是一个夏天
一个偶然的路过
我看见了那熟悉的地方
透过橱窗
我看到了年轻的自己
和你青春的微笑

关于往事
这个时候的回眸
淡淡的微笑
就像那杯拿铁一样
那幸福的泡沫洋溢在
苦涩的心头
而关于你的回忆
只能在很久很久之前
那杯咖啡里了

那座城

只能是记忆里的一座故城了

犹如

你走了

洛阳城里的我不再是我

一样

你走了

这座城不再是乌鲁木齐

晨曦

果子沟的西边
一条安静的河流
从早到晚
从春到秋
流淌着中亚的诗歌
和可克达拉的蓝天一样
飘浮着远方的梦想

晨曦里
一匹白马
在天山上学会飞翔
在伊犁河谷里学会奔跑
一个诗人
在朱雀湖边学会凝望
凝望
一个时期的精神

在血液里奔腾
像伊力特一样浓烈
燃烧着每一个奉献者的青春

可克达拉的晨曦
就是这样
一个有诗人的地方
就是这样
把青春谱写成的诗篇
镌刻在这片大地上
在星光和阳光交替间
闪烁着迷人的光芒

致奉献者
致英雄的儿女
致他们不朽的青春

给你

给你
这本属于你的蔚蓝
飞鸟掠过的风
和长发飘扬的痕迹一样
是的
你的气息在弥漫着

路过这片湖泊
这七千万年的等待
与淋湿心意的雨水一样
如期而至
倾斜而下的
还有无尽的光幕

我
与湖

与雪松

与一场久违的雨雪

与那凌乱的回忆

与你

邂逅

给你

这个

一直珍藏在我心中的

片段

河流

岁月是一条河流
许多游鱼
穿梭过美丽的街景
尘缘的起灭
在一呼一吸之间
闪烁

灵魂的灯光
点亮了前方的路
远与近
在你的一念之间

我
这条直立行走的鱼
却偏偏热爱
这红尘下的河流

明天

和明天的阳光一起
去寻找
大西洋遗落在果子沟的
那滴眼泪

那个地方
蔚蓝的风和风的声音
在平静的湖面
和泛起的波光中
忧伤着
宁静的故事
和所有美丽的过往

无法想象的
追忆
在蔚蓝的世界里

迷茫

迷茫的还有曾经的

语言

在风里流浪

在追忆的瞳孔里凌乱

蔚蓝的晶莹

那么剔透

剔透到

一眼

就能看见你的模样

柴窝堡的风

是谁带来的风
让湖水和
芦苇波荡起伏
让天空
云卷云舒

让刚出窝的白鹭
愉快地练习着飞翔
让春风
开始追忆那些知青

博格达峰下的
这片土地
留下的青春和泪水
陈述着
一个时期的珍贵

岁月终究是一段往事

这些痕迹

才是不朽的丰碑

让这金子般的精神

在大漠繁衍着

生长着

库都鲁克的城堡

给你一次穿越的机会
把未曾触及的梦
在你潮湿的呼吸下
触摸

这座城
锈迹斑斑的城
在库都鲁克大峡谷的深处
在你遥远的梦里

依稀可见
崖壁上的城堡
连绵不断地
和大峡谷两旁的崖壁一样
漫长
这里是梦的尽头

从踏入这里的那一刻开始

所有的场景

开始在记忆里发酵

沸腾

这的确是梦中的地方

它和现实里的风

相隔咫尺

而爱

所有意识和潜意识里的爱

如同峡谷里的风一样

在拥抱所有的记忆

锈迹斑斑的往事

寂静地期待着一滴雨水的到来

这便是这座故城

复活的开始

当彩虹升起的时候

胡杨绿了

河琴再次潺潺动听

柳笛声中

除了走出城堡的公主

没有人看见

这滴行者的泪水

库都鲁克大峡谷

就是这样

迷人且神秘

她蕴藏着你的梦

和梦中未曾完成的愿望

美酒

塔里木河
流淌着无穷无尽的美酒
黄昏时
我掬起一捧
先是醉了自己
接着醉了夕阳

穿梭
在星河
和塔里木河
之间

黑色的眼眸
穿梭过
每一处迷人的烟火

披星戴月

我是一匹孤独的白马

用高冷的目光

品味着遥远的未来

从容地

在这孤独的岁月里

慢慢老去

繁星

塔里木河睡着了
塔里木的繁星却醒着
塔里木人在一个酒杯里醉了

告别已从今晚开始
繁星闪烁着往事
朋友说
从今天开始你就是塔里木人了
我说
从明天开始
做一个想念塔里木的人

繁星
那么璀璨
这是塔里木夜空的璀璨
想想

从明天开始

只要有繁星的夜空

下面就有塔里木的思念

塔里木的眼泪

让眼泪流
塔里木沙漠的河流
闪耀着斑斓的词曲

一峰来自遥远地方的骆驼
在沙和河之间翘望
翘望一尾
和火焰和梦
一起流淌
流淌向遥远的游鱼

塔里木
一个听风的地方
在游鱼
和沙漠之舟之间
有着

那无尽的风

和风中那个不曾熄灭的梦

所有干枯的沙子

和思念成灾的季节

在一首诗里

盛开着塔里木的眼泪

一峰等雨的骆驼

骆驼
一峰孤独的骆驼
在沙漠的中央
踏着金黄色的沙丘
体会着夕阳的余晖
照亮关于行走的所有轮廓

这峰等待下雨的骆驼
在梦想着一片绿洲的召唤
梦想着沙漠之舟
缓缓开进绿色的海洋

天空的雨滴
何时才能漂泊而来
献给这峰等雨的骆驼
这只厚德载物的船

在寂静地等候

如同驼铃

在等候着遥远的回音

在这安静的沙漠里

月光

一匹来自交河的马
在通往大唐的路上
与长安的马车相遇

风掀起帷裳
这是西域骏马见过的
最动人的梦
这一刻
这匹马
爱上了唐朝

一匹不会写诗的马
踏着李白的足迹
和李白一样
喜欢夜空中的月亮
尤其到了大唐

在马厩的夜色里

用月光点亮着眸光

就这样

一直站着

一个又一个夜晚

时间

有一首歌曲
遗忘在了伊犁河谷

那个时候
黄昏的光芒
打在伊犁河缓缓流动的河水上
和黄色的脸庞上
那个下午的音乐
闪耀着斑斓的波光

寻找一个梦中的地方
在伊犁河谷的音乐里
迷人的风
吹动着你的长发
你的眼神
导演着一场盛宴

音乐与心灵的交响曲

凝固了一段时间

一段

一开始就知道会回忆的时间

在夕阳里

慢慢变黄

煮酒

煮一壶酒
在西域的古城
那是落日的地方
酒燃烧起的红云
在少年的脸上

如今
沧桑
融化在燃烧后的灰烬里
在曾经的霞光里
煮着酒
煮着煮着便醉了

交河之恋

风吹着
风中的黄沙
翻开了厚厚的故事
遥远的记忆里
闪耀着西域的晨光

故城的炊烟
和驼铃
尽现大唐的繁华

面纱下的泪珠
滚落在交河的土地上
湿润了的故事
和已经很遥远了的车师古国
在风中
悄然而去

车师与酒

鄯善的城堡里
装有几个世纪的葡萄酒
每一杯翻滚的晶莹
都是车师的遗痕

剔透的记忆
闪耀着岁月的月光
从此
车师属于夜色
而故城
全在杯中
遇见龟兹

天空的灿烂
和她的王冠一样
让龟兹的乐舞

处处闪耀着璀璨的往事

这是谁
火一样的热情
沸腾着激情的答腊鼓
就这样一直沸腾着
让女人更加红润
让男人更加澎湃
让秋波涌满心海

葡萄沟的葡萄熟了

吐鲁番的阳光
点着了火焰山
和巴郎子的烧烤炉

古丽的大眼睛
点燃了大碗的美酒
和火热的心

葡萄沟的葡萄熟了
就像熟透的情歌
挂满了树梢
挂满了天空
挂满了弯弯的月亮
挂满了我的心

苏巴什佛寺

在飘雪的那个夜晚之前
我的印迹和那阵风
路过苏巴什[1]佛寺

巍峨的天山下
庙宇的遗址依然庞大
我的到来
和我的故事一样
以一种还原的形式
在幻想着一个时期的繁荣

鼎盛时期的朝拜
何尝不是为未来描绘的记忆
西域的风里
总是给你许多暗示

---

[1]“苏巴什”指阿克苏地区库车市的苏巴什佛寺遗址。

就像今天的样子

许多路过

就是这样无意识地遇见

却又似曾相识

大地

此刻安静了很多

耳旁却依然有依稀的声音

它不像风的声音

更像是来自时空的震动

关于某种对话

关于洞窟　殿堂　僧房

关于空灵之间的爱情

关于某些时候某些人的路过

感应总是这样提示

这个空旷的灵域

总是存在着本该存在的故事

我想这样的境遇

如果有一轮明月

或许我们都可以看到曾经的影子

在大漠的行迹中

或许在泪水的朦胧中

苏巴什

这个一回头就留恋的地方

就像心中的某个印痕一样

让情智演绎着一段

关于遇见的剧目

西域

就让一切随风吧
你上了马车
西域就在眼前

千里之外的月光
在出发前的睡梦里闪耀着
泪光一样的晶莹

是一个什么样的世界
在守候着一辆马车的到来
还有你和你的爱情

飞扬的尘土隔开了时光
一半是记忆
一半是离恨

遥远的牧场

这是献给禹明老师的诗歌
也是献给我记忆的篇章
在许多个灿烂的午后
我的思绪总是悄悄地去旅行
在遥远的天边
在一片一望无际的蓝色的海子旁
在一片一望无际的绿色牧场上
飞翔着许许多多白色的云朵
和许许多多的梦想

这是少年的梦
他骑在一匹一只眼的骏马上
在迷人的果子沟
洒落着青春的气息
这个没有爱情的地方
却在孕育着爱情的力量

我记忆里迷人的果子沟
和禹老师的梦
在穿过云层的航班上相遇
就像我们的友谊一样
在沉默的火车上
从伊犁河谷开始翻山越岭一样
赛里木湖在心中澎湃着
这也许就是我们每个人的青春
在各自的梦里回荡

我记得禹老师的冬不拉
这是他的诗
在一堆燃烧的篝火旁
就像爱情一样勇敢
就像山泉一样灵动
奔放在天山和阿勒泰山脉之间
此时他的目光
就像闪烁的星光一样
也闪烁在我们的杯酒中
这是他和我们的青春的味道

这个时候的青春

是一束光芒

照红了我们的脸庞

谁不想把爱情的剧作

上映在这动人的故事里

献给每一列路过的火车

和每一个听故事的人

这是每一个人的青春

都像每个安静的星空一样

闪烁着泪光一样晶莹的星光

在篝火一样灿烂的微笑里

此刻我的思绪已抵达远方的牧场

他在寻找我们的往事

天边的云

此时已经燃烧得红彤彤

和蓝色的湖水一起

在为这片绿色的牧场

动情地回响

刀郎部落

塔里木

听说
塔里木河边的杏子熟了
芬芳的味道
弥漫在大河的两岸

这时
我想起了篝火
塔里木河边的夜宴
塔里木先生和我们的篝火
热了壶中酒
红了酒中人

那一天的夜色
那杯酒中的星光和月光
那杯酒中的对话

从那一天开始

我就是一个塔里木人

从那一天开始

我就是一个怀念塔里木的人

从那一天开始

我就时常忆起塔里木诗人

以及他的微笑

在芬芳的杏园中

以及他的诗歌

和他的热瓦普

旅人

从未想过海浪会漫上云层
就像荡漾在心头的往事
我不止一次地畅想
栖息的高地是否还有云朵飘过
我想与那淡淡的影子握别

杯中的酒水已经一饮而尽
云彩在微红的脸庞悄然飞过
我注视着一个下午的窗外
看不见云的衣裳路过
唯有泪水和初夏的细雨落下

辑四

晚餐

阿克苏的晚餐
是果园里熟透了的果子
像姑娘们的微笑一样芬芳
美酒的味道美极了
酒里荡漾着白色的云朵
和灿烂的星光
我一杯又一杯地干了
这是一个迷人的夜晚
迷人的音乐
迷人的舞蹈
迷人的歌声
还有动人的爱情

我是远方的客人
又像是久别的家人
我在这样的夜色里

醉了又醒

醒了又醉

唯有手中的酒杯

它依然那么多情

那么青春

阿瓦尔古丽

远处的云彩漫上来了
就像阿瓦尔古丽的思念一样
漫上来了

多浪河碧绿的河水
在安静地流淌着
就像阿瓦尔古丽的眼眸一样
那么清澈深邃

在这远方的客栈
我本是匆匆的过客
自从遇见阿瓦尔古丽
这里就成了远方的家乡

阿瓦尔古丽
你的柔情就像这灵动的河水一样

你的长发就像这阵阵清风一样
你的舞姿就像这心头的月光一样

哎　哎哎哎　哎　哎哎哎
美丽的阿瓦尔古丽
你就是天山上的雪莲花
你就是塔里木河里的美人鱼

哎　哎哎哎　哎　哎哎哎
美丽的阿瓦尔古丽
你就是我心中最美的女神
你就是我心中最美的女神

沙雅的月光

黄昏
塔里木河畔
羊群赶走了夕阳

动情的热瓦普
情不自禁地弹唱了起来
它清脆的音色
在等候着
金色的月光
慢慢地漫上来
慢慢地漫过流淌的塔里木河
慢慢地漫过千年胡杨林
慢慢地漫过爱人的心头

沙雁洲的夜色
就像我的爱情一样

用无声的沉默
表达着无尽的思念

沙雁洲的月光
就像我的表白一样
用纯净的语言
表达着无限的爱慕

沙雁洲的琴声
就像爱的丝语一样
用质朴的音律
表达着无穷的力量

一匹马的爱情（一）

在黄昏到来之前
我要抵达巴音布鲁克大草原
去看望一匹白马
一匹英俊的白马
它拥有最高昂的头颅
和这片草原上最高贵的气质
它拥有最纯洁的思想
和这片草原上最智慧的力量
它拥有草原上最忠诚的守候
这是属于我们的时光

不知从什么时候开始
也许几千年之前
也许几生几世之前
这场遇见便在心中发芽
注定要在巴音布鲁克遇见

这片迷人的草原

这场美丽的遇见

一个人和一匹马的爱情

一匹马的爱情（二）

你的眼睛
晨光下你的黑眼睛
就像少女一样羞涩

整个草原安静极了
云朵飘过我们的身旁
你注视着我的眼神
就像我注视你的眼神一样
清澈见底的眸子
就像
巴音布鲁克的天鹅湖一样
荡漾着
蔚蓝的波光
荡漾着
和湖面一样安静的喜悦

没有什么比拥抱和抚摸
更具有表达力了
我不止一次地抚摸过你的脸庞
和你那清风中飘动的刘海

也许
这就是我们的爱情
一场安静的遇见
一场安静的注视
一场安静的邂逅

古丽

从那一刻起

你黑夜一样深邃的眼神

完全淹没了我的世界

我的心

就像一盏灯一样

瞬间被点亮

我的光

也许就是这样

在你的夜色里不停飞翔

也许更像一尾热带鱼

在你深邃的海洋里

自由地徜徉

苏巴什[1]

库车河
一条流淌了很久很久
来自天山的河流
在它的岸边
苏巴什佛寺
依然矗立在崇山的脚下

时光和时光的风雨
不停地冲刷着寺院的外墙
以及寺院门前的台阶
敞开的门洞
再也找不到那扇粗糙的大门

只有风在讲述曾经的故事
试问每一位到访者

[1]“苏巴什”指阿克苏地区库车市的苏巴什佛寺遗址。

你可听到风的声音
和它带来的往事

转经轮和它的力量
依然如旧
这个神秘的地方愈加神秘
而我是一个寻找的使者

在万丈红尘中
寻找这个尘埃落定的地方
从步入这片土地的那一刻
让无法控制的泪水
冲洗着这布满尘埃的心灵

星河

我无法面对我的星河
这个夜晚已经很寂静了
多浪河安静地流淌着
波光的影子慢慢泛起惆怅

明天到来之前的时光
无比珍贵
从未有过的热爱
在这蓝色的夜色中弥漫

孤独自由地编织着
它未来的灿烂
在这遥远的月光之地
我的泪水拥有多情的夜色

和晚餐的烛光一样

我的目光透过最远的光晕

屏住呼吸地凝望

这是最多情的种子

克孜尔烽燧

在烽燧耸立的大地
我想到最多的是爱情

我的爱情和战争无关
但是和火焰有关

我想拥有这样巨大的烟囱
它可以让世界知道我的表白

如果有一天遇见了你
我将亲自点燃

我将是从古到今
第一个拥有狼烟四起的爱情的人

那将是最伟大的爱

那将会改变烽燧的历史意义

一座高耸入云

为了爱情而屹立的烽燧

克孜尔尕哈石窟

一个冬天的下午
我走近了克孜尔尕哈石窟
一棵树
一口井
一个人
像雕塑一样
给我讲述克孜尔尕哈的故事
故事中
有不曾停息的风
有不曾落地的沙
有不曾遗忘的光
还有
不曾离开的追寻

我想以时光的名义
蓦然回首

哪怕是一束光的影子

也足以照亮

这寻找的剧目

库车大峡谷

作曲家的盛宴
在抽象和具象之间澎湃
在狭隘和宽广之间流淌
这是天山馈赠的礼物
所有纯净的音符
在这红色的峡谷之间碰撞
来自灵魂的寂静时光
在这里悄然奏响

这是星球之外的宁静之都
这是孤独者的力量之源
像来自巴音布鲁克的风一样
我不需要任何一条河流
我拥有干涸的印迹
这是守候者的足音
它在演奏者的心中路过
空谷路过

语言

寻找你和你的舞步
在龟兹的风里
我看到了天山下的光影
这支孤独之舞
是一个时期的语言
没有任何拥抱
却盛开着最美的莲花

一闪而过的回眸
一袭白纱
裹不住梦魂萦绕
风里的青丝
情丝般抚过心海
无尽的涟漪
水波荡漾

不时
有雷声迎来风雨
追寻依然
梵音里生死相依的梦
沉醉在千年之外
期许
这无尽的妖娆
尽快入梦

我的光
和时光交错而过
这是梦中
龟兹的语言
在一个无边无际的舞台上
在一支孤独的舞中
在一泓晶莹中
在你无尽苍凉的柔情里
我不止一次遗忘自己
却从未遗忘过
你的眼神
和我们的舞蹈

这语言

好多好多年了

依然在大漠的深处

在我的心里

流淌

永不停息地流淌

女儿国

那一年
唐朝的白马走了
你轻倚城头
泪眼婆娑

尘土飞扬里
这一走就是一生
他走了
城中的你不再是你
九九八十一难
这是最难的情关

那一刻
你凤冠霞帔
美艳不可方物

那一句

御弟哥哥

如有来世可否娶我

那一眼

看不透的尘缘

只任泪眼蒙眬

而他

不能回头

只为不弃一袭袈裟

只为不舍一身佛法

只为不负十世修行

而他

不能回头

只怕负了如来不负卿

只怕弃了戒律不弃你

只怕忘了初衷不忘你

那一年

从那一年开始

他不止一次

用心底的火焰拷问自己

如果还有来生

若再相遇

会不会与你

海角天涯

小舍篱笆

青丝白发

我在库车的路口等风

你的气息
我想在风中寻找
这是库车的印迹
和遗落的星光一样

这个路口的风
好长好长
和月光一起
从龟兹来到现代
和你的长发一样
和清晨的太阳一起
从唐朝来到现在

在我的眼睛里
在尘埃落定的地方
你从未离开过

那回眸一笑
在梦与醒之间徘徊
和我平静的内心一样
再无澎湃可言

我为遗落的爱情守候
库车的路口
常常有风路过
你看我时安静的样子
全是茫然的追忆

这个遗落爱情的路口
有风路过时
就有我
就有你

独库公路

我从天山北边走来

带着独山子的风

去库车寻找遇见

一路上

云朵和它的影子

爱抚着荒凉和生机

而我沉默在

这个空旷而神秘的世界

一个人

一台车

一首情歌

一个黄昏

这是我的孤独之旅

去寻找那匹

天山之巅的白马

也许没有人喜欢
这样的孤独
这是属于沉默者的财富
天山一样孤独
流云一样沉默

豪迈之路
在火星和地球之间
切换
遥远世界的力量
绽放着光芒
你寻找的样子
和那匹白马的回眸
是这天山腹地的阳光

情愫在蓝色的天空浮动
和云朵一样自由
我们的记忆
所有的爱

独库公路

是一条心路

遗落着荒漠

和绿洲之间的希冀

和白马的爱情一样

这样的爱意

令音乐和心情澎湃

久久不能平静地澎湃

多浪情歌二

刘亚博 著

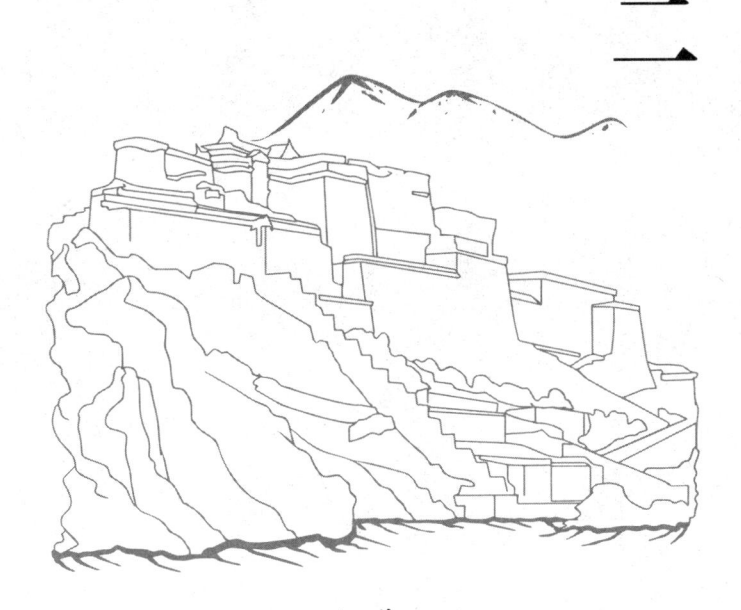

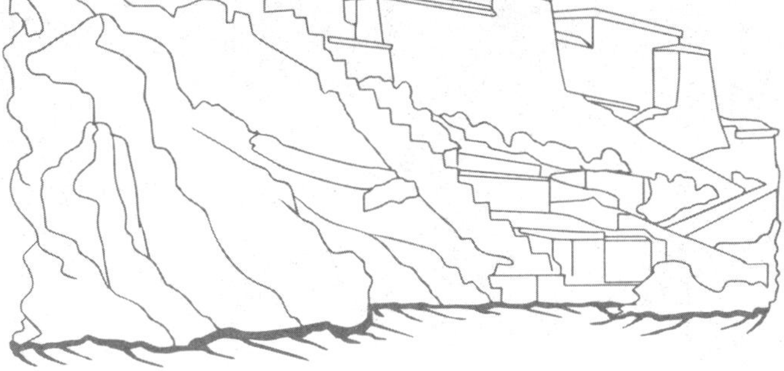

陕西新华出版
太白文艺出版社·西安

目　录 contents

辑一

辑二

辑三

辑一

红尘

步入了这扇门

为何还要披着红尘

难道

留恋的依然是这

迷人的红尘

收获

如果
生活
是一根扁担

那么
一头挑着期望
一头挑着收获

而那个
挑着扁担的人
他一会儿看看期望
一会儿看看收获

唯独没有
看那脚下的路

烟火

在人间
品味每一种苦的过程
用甜的表情

用烟火
把这种状态传承

没有谁会记得
我们是谁
在许多年以后

而烟火
依然是烟火
在人间

木鱼的泪

那一天
天籁的梵音
嘹亮在我的心田

那一天
我明白了
木鱼的鱼
是一条不睡觉的鱼

那一天
所有孤独的泪
都是木鱼的泪

梵音
木鱼
和我

在那年

那月

那天

海洋

那片海洋
已经慢慢退去

喜马拉雅岛
和珠穆朗玛山
都已慢慢地
变成了喜马拉雅山和
珠穆朗玛峰

那群美人鱼
便遗落在了黄河流域
进化着由鱼到人的文明
从此也有了炊烟
和人鱼图腾的陶器制品

而海洋

从来都未曾放弃
怀抱里的爱
不时地用尽力气
把温暖潮湿的气息
呵向大陆

不是细雨
就是纷纷扬扬的大雪
只是曾经的岛屿和大山
那么珍惜地收藏着你
来自风中的气息

并化作洁白的雪峰
好像已经一万年

011

多浪情歌·二

读与渡

用旧石器时期的原始
来解读感应的画面
立体式的丰富
和通往遥远的释义

读一片文字
度化文字的宿主
用灵魂的菲林片显影
用最纯洁的至爱来定格
朝着太阳的方向
传递着

在崇山之间
这是游离不定的定义

渡

需要一条河或者天河

在开始或者一个特赦的时间里

载着红尘

消沉

直到

河或者天河

的另外一个河面

灵魂的声音

没有忘记的
和记忆深处的
每一段时光的回放

那画面来自记忆
而声音来自灵魂

用雕塑或者油画
来表达
雨夜的路灯下
或者墙角的电灯下
和作品的沟通
在灵魂里

讲述
所有的有力量的奔放

和有深度的沟通

全都是

来自灵魂的声音

是的

需要用灵魂去聆听

那来自灵魂的

天籁

夏天

昨天
我骑着骆驼来到了夏天
玩了整整一天

今天
我们想回家了
却怎么也找不到回家的路

骆驼说
恐怕要等到秋天了
才知道
回家的路

它说
绿色的沙漠
不好玩

017

多浪情歌·二

沉默

当一碗水
被打翻
澎湃的大海
已逝去
空旷的碗底
只留下
沉默

沉默是没有眼神的回答
回答是没有眼神的沉默

寻找

被星星遗落的孩子
在蓝色夜空下的草地上

一手数着星星
一手吆赶着牛羊

牛羊已经睡着了
可是黑色的眸子依然
透着日光的灿烂
那是家乡的太阳

点起所有的酥油灯
挂起彩虹遗落下来的经幡
用虔诚来寻回
被遗落的秘密
用微笑来迎接
万道光芒的洗礼

020

多浪情歌

乡愁

崎岖的山路
编织着无尽的乡愁

记忆里阿妈的身影
常常被柴火压弯

压不弯的
是那袅袅升起的炊烟

当思念
涌上心头的时候
故乡便越来越远
乡愁便越来越浓
而
往事便越来越淡
弥漫在
岁月的季风之中

茶馆

我在一个茶馆
等火炉
把一壶奶茶煮开

门口的格桑花
已经盛开
我想喝着奶茶
看着格桑花

火炉里点燃着牛粪
吱吱地生长着温暖的火苗

格桑花
把我看了看

锅里滚的是我的奶茶

炉子里燃烧的是它的奶酪

飞行

站在高处
做飞翔的动作

山下的云海呀
波涛汹涌的浪潮声
怎么如此寂寞
琉璃的声音
似乎是穿越时空
来自孤寂的灵魂

诉说
是一个关于飞翔的故事
离开故乡的地面
带着爱
成为一只骄傲的雄鹰
偶尔

回望的眼神
掠过翅膀的羽毛
家乡的地方
会让成长继续成熟

在云层和阳光之间
在夜色与星光之间
穿梭

愉快的微笑
藏在心底

这个时候
深深地思念着家乡

桃花

犹如
是在记忆里
盛开的记忆

一抹粉红
灵动了峡谷
装扮了雅鲁藏布江
才有了林芝
和能够唤醒灵魂的宁静

花瓣的飘落
宁静地
划过清新的空气
飘摇着慢慢地落下
然后落在水面
似乎溅起了

春江的浪花

那清脆的落水声
到如今还在回荡
在耳旁和心田之间
回荡

央吉玛
这才醒来
在祈祷永恒的美丽
在大山之间
在灵魂之间

央吉玛

空灵之中
秘境的天籁之音响起
触摸着心跳
让云朵停留在世俗的头顶
让雨一直下

洗礼的庄严
始终是黑白色的胶片
站在泥泞中的脚丫
对视着忧郁的眼神
任蓬松的长发
慢慢地垂直

让灵魂回归
远离红色的尘世
让纯洁的种子回归泥土

发芽成长

成为一棵葱郁的大树

自画像

安静的湖边
有很多人在垂钓
水面上方
垂钓者在臆想着鱼的面具
水面下方
鱼在描述着垂钓者的形态
二者都在给对方画像
尤其一阵风吹来
整个画像都皱了

只有
梵高和泰戈尔
会画自画像
一幅画没有耳朵
一幅画是孤独的老婆

纳木错

我的头发
足以检测出风的级别

我的心脏
足以表达高度的激动

我的眼睛
足以说明扫描需要时间

我的灵魂
足以证明纳木错的纯净

而念青唐古拉
他却一直在深深思念
眼前
这一汪的深情

那一天

太阳的微笑
烤熟了一垄青稞

阿妈的微笑
煮熟了一壶奶茶

我的微笑
成熟了一片岁月

茶道

一群马
驮着一些茶
走了近千年

一壶雪山水
泡着岁月
品鉴了近千年

一个故事
打开了画面
回放了近千年

037

多浪情歌·二

空门

是一阵清风
还是一种相遇
让徘徊
在这空与不空之间祈祷

每一扇门
都关闭和隐藏着一种
情结
它属于信仰

若你用双手推开
那么请你留下足迹

若你用灵魂推开
那么请你留下微笑

孤独的羔羊

被灵魂丢弃的羔羊
被来自雪山的河水拥抱着
缓缓来到这片牧场
安放在阿柔寺门前的草地上

我弯下腰
用河水洗净的双手
捧了几抔沙士
慢慢地散落到它的身上

黑色的羔羊
绿色的草原
在蓝天白云下
在八宝河混浊的河道旁

孩子

你回家了

你听见了吗

寺院里的僧人正在为你诵经
转着经筒的阿妈
也在为你祈福

回家真好

这个阳光灿烂的上午
你回来了
你
不再是一个
孤独的
孩子

雨城

云彩之下
路过一座雨城

和阳光交错着
白色的哈达
化作柔情的雨丝
滋润在行修者的心田

在灵空的绿意盎然的大地上
敲响了散发着梵音的
天籁

这是来自阿柔寺的空灵之声

在白云和绿草之间
在心灵和信仰之间
久久回荡

哈达

一头连着天空
一头连着大地

一头连着太阳
一头连着月亮

一头连着过去
一头连着未来

一头连着祝福
一头连着吉祥

一头连着你
一头连着我

看雨

这纷扰的序幕
是六月里的风带来的

大自然的语言
从来都是给聆听者的

每一滴雨珠的生命
都毫不犹豫地
给了它似乎追寻了一生的
蒲公英和油菜花

紫色的琉璃
和黄色的琉璃

慢慢
慢慢开始

点缀着琉璃绿的草地

点缀的

还有我的睫毛

和

黑色的

眼睛

湖泊和飞鸟

湖泊的颜色
从来都是天空的颜色
而大地的颜色
从来都是自己的颜色

在相对的空间里

天空和湖泊
养育了飞鸟和鱼

而大地养育了
湖泊和飞鸟

云海

天空有一片云海
看不见大海中
来来往往的船只

但这片云海
这云海的海底世界中

我
是深海的那尾鱼
安静地
游来游去

多浪情歌·二

向往

用麻花辫子编织的过去
用虔诚勾勒的未来
用信仰撑起的身躯
用灵魂赢得的尊严

阿妈的背是一座山
她用灵魂给这座山
插上了一对飞翔的翅膀
而信仰是向往的方向

琉璃

把莲花种在琉璃中
把琉璃放到灵魂里

让莲花在琉璃中盛开
让琉璃在灵魂里盛开

娑婆世界里
我一次次地回望来时的路
那里有很多很多的牵挂

牵挂
是一件慈母纺织的衣衫
每时每刻包裹着
我赤裸的躯体

牵挂

是街头那蓦然回首的一瞥
常常点燃着
我一双黑色的瞳孔

牵挂
是天空纷落的甘霖
需要的时候
滋润着我干裂的嘴唇

牵挂
是一片贫瘠的土地
努力地生长着五谷杂粮
把我一天天养大

带着这么多牵挂
我像一株乔木一样
从一颗种子开始
到伟岸挺拔
到历尽沧桑

而如今

在琉璃的世界里

无论七彩的光环多么迷人

我依然

带着所有的牵挂

触摸着每一刻的回忆

在琉璃中

花田

在一种久违的
臆想中
花田
是一个遇见

而这一天
花田却盛开在心中
把原有的心田
变大
再变大

看来
播种和收获
有时是一种期遇
犹如
你遇见了播种

而他遇见了收获

而我遇见了

花田

祭天

在高原
触摸着天空的云雾

用虔诚
点燃
所有的青稞

让烟雾
成为云雾

辑二

寻与千寻

寻晶
茶卡

寻在
寻与千寻
之间

晶在
你我之间

泪在
天地之间

062

多浪情歌

拜永安古城

路过一座城
遇见数百年前的文明
孤独地
在安静的时光里守候
它似乎依然在倾听着曾经的风声

几百年了
自豪和孤独
依然庄严地站在这片草原上

我小心安静地踏过草丛
慢慢步入故城
生怕惊扰了本已很安静的它

然而
城依然是城

只是城中的房舍建筑已荡然无存
往日的繁华只能在风中寻找了
而文明依然
记录在这锈迹斑斑的城墙上

我更换正装
整理衣冠
俯身三叩九拜
只因尊重一座城

尊重其留在风中的往事

念

让心绪
念
一缕晨光
一丝清风
一瞬时间
一息呼吸
一片落叶
一泓晶莹
一丈红尘
一梦昙花

让莲花
念
一片云海
一间草房
一壶龙井

一段往事

一缕炊烟

一念善恶

一池浮萍

一曲悠扬

孤独者的漫步

哲蚌寺的清晨
从来都是清静的
一直到
根培乌孜山的盛宴
开启

朝拜者
用一路走来的信念
和虔诚的双手
点燃
不曾熄灭的青稞面

让云烟
同太阳一样
升起
是最伟大的时刻

在阐述生死的教义里
徘徊不定
而无法选择

转吧
手中的转经轮
和围绕寺院的脚步
认真到呼吸

与每一个脚步的和谐
而眼神
是一览无遗地清澈

看来
信仰的高度
与海拔一样
让孤独成就更孤独的孤独
漫步在孤独里

此时

远处河谷里的拉萨河

那么安静

太阳

已经照在河谷中央

寻您

雪域里

藏地的寺院

是空中的一抹红云

走进去

似乎看到了前生

走出来

似乎回到了今世

而寻您

在进出之间

寂静

这么安静的一个空间
走进来
倾听心的声音

扑通扑通地跳动
是今世最美妙的幸运

不曾回望
往世里的一眸
是否盛开着
生命的繁华

安静的倾听者
倾听这来自天籁的音韵吧
这心声
由内而外

由远而近

珍爱吧
这一生所有的遇见
如同
那些擦肩而过的陌生
却有着
柔情的回眸

让这种时空
留在回眸中吧

好让遇见
在寂静中盛开

经幡

让风
铺开
所有的经文

让太阳
照亮

让蓝天和雪峰
朗诵

这祝福
是给大地
和大地的一切孩子的

彩虹般的
灿烂

点燃着所有的人间烟火

朝朝

暮暮

峨堡

峨堡和我之间
隔着
一个故事

它在故事里面
我在读着故事

故事
像一段段城墙
废墟般

被后人
修了补
补了修

故事

如梦一般的记忆
憔悴着每一刻的时光
除了故事
没有一点一滴的痕迹
在一个起伏不定的思维里点燃
愈发醉人

拉萨的老街
是一个有故事的剧本
一半真实
一半如梦

洞措

与光与影的眷恋
用一种至亲的拥抱
在无量的空间里行走

藏北就是这样
空旷的时空里
雪峰和雄鹰同在
草场和羚羊同在
牦牛和藏獒同在
多吉和次珠同在
湖泊和经幡同在
灵魂和心跳同在

晨光里
沿着湖面转经
所有温和的遐想

全在来自可可西里的风里
而洞措湖这一汪纯情
和所有清澈的眼睛一样
从未有过半丝沧桑在里面
那么晶莹剔透
随风漾动

月光下
这淡蓝的湖面
何尝不是月光宝盒里的那颗明珠
鲜活且涌动的明珠
绚丽的光彩
装扮了夜色里的草原
也装扮了星空
那么美妙

从春到夏
从秋到冬

多浪情歌·二

琉璃

一湖琉璃

安静了草原
凌乱了思绪
迷失了飞鸟
放飞了梦想

白塔

藏地的白塔
总是有许许多多的朝拜者
围绕着
朝拜着

这喇嘛塔
似乎是一扇大门

所有的围绕
也许是在试图
寻找打开的密码
那样
未来
就在下一刻
逐渐明了

看来

今生和来世

也许就是这一门之隔

白塔

也许是一个时期的终结

也许是另一个时期的开始

远近

每一朵白云
都在这通透的蓝天上
寻找
绿草地上
那些红色的房子

善良
把所有的吉祥化作阳光
以及月光
还有星光
大地
和大地上的一切生灵沐浴其中

上师的影子
和吉祥的阳光一起
紧紧地拥抱着

呵护着

众生

云朵

和众生

总是

离得那么远

也离得那么近

酿造

一粒青稞
在水与阳光里
生长了几个春秋
却在岁月里
被酿造了一个世纪

犹如你
那一次深情的回眸
虽然只有一瞬间
却留给我
一生一世的思念

天际

一条河
来自天际
快乐地吹着口哨
在无际的大地上

一朵云
来自崇山之间
愉快地翻着筋斗
在蓝色的天空中

一群牦牛
来自阿妈的牧场
悠闲地啃着青草
在绿色的草地上

一个小伙子

来自遥远的地方

眯着眼睛坐在山坡上

在想着阿妈的姑娘

雨

如果遇见一场雨
在嘉绒的憩宴
天空
是无尽的缓缓落下的晶珠

这个世界
该是多么感伤呀
那么大颗大颗的雨滴
多么像您多情的泪水
那么心动不止
那么涌流不止
那么心疼不止

我在寻找这场雨
然后
站在雨中央

让心雨

一

直

下

一尾游泳的鱼

有一朵白云
在蓝天上飘动

有一群绵羊
在山坡上移动

有一尾金鱼
在水池中游泳

不会说话的鱼呀
你是羡慕
会咩咩叫的羊羔
还是那任性遨游的云朵

这世界
有很多的无奈

也许

遗忘是最有效的快乐

也许

沉默是最直接的伤害

布达拉

红山上的光辉
是太阳给的
和草原上的微笑
一样

这光芒
点燃着每一个灵魂
让善良行走在大地上
让温暖永不停息地传递着

至深的爱
何尝不是
照在心田的太阳

阿妈

村落里
阿妈

在每个晨曦里
用慈爱
点燃灶膛

在每个夜色下
用慈祥
熄灭灯盏

而炊烟和夜灯
是村落最美的光影

繁星

当夜色
给了你可以孤独的时间
繁星就开始闪烁

璀璨的星空呀
总有舞动的记忆
成为流星
从头顶
到心头
滑落的轨迹
像烟花一样灿烂

看流星的舞动
划过黑夜的眸子
这是最动情的片段
让呼吸一起跟随

跟随

这美妙的夜色

还有

思念的轨迹

在心头划过

慢慢地

燃烧着爱情

并灿烂着

色达

来的路上
可能遇见过

去的路上
也可能遇见过

这红色一抹
何尝不是莲花的芯

安静地绽放
在生命的旅途

淡化了往事
繁华了归途

这一世
遇见真好

转经轮

一圈又一圈
转经轮
围绕着经文在转

一圈又一圈
你和转经轮
围绕着寺院在转

一圈又一圈
你和转经轮和地球
围绕着太阳在转

就这样
有了四季
也有了轮回

孤独的作品

高原的雨
在雨季到来之际
终于纷纷扬扬地洒落在
高原的每一寸雪域上、草原中

在转经轮的时空中
每一圈的转动和雨的邂逅
是那么孤寂和孤独

高原的雪和高原的雪峰
在雄鹰翱翔的白云下
在蓝天下
那么圣洁

而这纷纷落下的细雨
却不期而遇地打湿了八廓街的地面

石板路泛出了七彩色

雨滴和水花的色彩映在石板上
那是朵朵的花伞
和姑娘们绿色的或红色的藏袍
的色彩
绚丽多彩的水中色
编织成一条色彩的画廊

我抬起头看了看夜空
高原的星空啊
依然是那么深邃
真弄不清楚这雨是怎样从那深邃的空中
慢慢而来　轻轻坠落
仿佛是一滴一滴的精灵
趁着夜色悄悄地来到这个神奇的雪域

这一切
也许是因为
八廓街有许多孤独的故事
尤其是夜色降临的时候

沙哑的藏语
歌声嘹亮地弥漫在整条街道和雨巷
让每扇窗户都显得格外灿烂

此时
我想找一家茶馆
要一壶热腾腾的酥油茶
我喜欢这有酥油味的茶馆
喜欢在这种空间里
邂逅每一双清澈透亮的黑色眼眸

扎西德勒
我想就这样
永远永远这样

就这样
很多年很多年以后
除了自己
没有人会记得有这么一件孤独的作品

这一天
拉萨的天空飘着雨

红尘

往世里
菩萨的一滴血掉落了下来
从此
天下
便有了红尘

今世我在佛前
祈求
寻找到那一颗莲子
菩萨说
红尘很小

于是
今生今世
我便在红尘中苦苦寻找
那心中的莲子

娑婆世界里
每个人的身体里
都流淌着红色的血液
从红色的朝霞到火烧的晚霞
从红唇到高脚杯里的红酒
还有红色的高跟鞋

所有的回眸
都是似曾相识的亲切却擦肩而过

而莲子
却依然摇曳在我的记忆里
从春到秋
从早到晚
不曾遇见

直到
有一天
我路过一池荷塘
千万朵洁净的莲花

在水面飘悠

静谧绽放

我才明白

莲子

原来就在心中

红尘真美

向往

藏！

阳光和云的世界！

除了光影，那便是游走的牛群。

火车和汽车爬过的山丘，把记忆拉得好长好长！

也许，这就是天堂！

孤独的旅途

起风了的黄昏
即使是最炎热的夏日
那个下午
沙尘如同纷扰的世事
漫天飞舞
终究是遮盖不住这个斑斓的世界

灿烂的斜阳
在懵懂的季节里孤独
孤独着
等待着沉寂下去

此时的
世界是静悄悄的
如同孤独的孩子
在翘望被遗弃的远去的背影

虽然

下午茶的时间

那么美好

然而那是一杯孤独的咖啡

岁月漫上心头

如同孤独掉进盐湖

浸湿的感觉在触摸心头

触摸曾经灿烂的岁月

触摸童年的留影机

却不敢去回放任何一个画面

离开了

很多亲切的幸福

如风一般

再也无法寻找

而路还是要走下去

孤独也许是一种别样的风景

那么

就让夕阳照在脸上吧

怀着感恩和知足

继续前行吧

除了阳光

星空也许更加迷人

轨迹

如同流星一样
这个公园里夜空的色彩
一晃而过
璀璨的一瞬
闪亮了自我和心愿
照亮了众多仰视者的世界

这是精神胚胎的成果
高级化的意识产物
灿烂发自内心
和一切试图转基因的土壤
无任何瓜葛

事物两面性的逻辑
依然存在
高级化的产物同样是

血统的继承有时是
一种不假思索的延续
优秀和悲剧同在
而胚胎的意识对于此是
毫无意识

延续的悲剧时代一直都在
个体意识的建立是绝对的智慧
同向阳植物一样也许伟岸
也许和向阴植物一样
背离阳光而继续延续
酵素一样发酵式的胚胎有意识地
延续
这是一个家族的所谓个性
而非气度

个体的建立和延续的矛盾
或许给文明提出了新的思路
修正是灌木成为乔木的文明
如星际的文明
为光而生

时光

把时光全部倒进大海里
让余生变成一条小船
我不需要灯塔
只需要你的微笑
陪伴
没有方向
其实有时是最幸福的方向

许多年以后
这条船沉到了海底
才发现
所有的往事都是璀璨的星空

123

——

多浪情歌·二

致

沙滩
从未向海洋要过一片宁静
却给了它一个怀抱

而你的眼睛
触摸了那么多的阳光
却不曾给世界一丝温暖

一片海

有一片海
有你的故事
有一条从早到晚游泳的鱼

有一阵风
有你的气息
有一片从早到晚飘动的红云

属于海洋的美人鱼
我看到了

是你的王冠
璀璨了整个海域
光芒万丈

是你长发掠过

起伏了整个海域

汹涌澎湃

是你的勇敢

点燃了熊熊烈火

无边无际

是你的善良

温和了无垠的胸怀

时时刻刻

辑三

一匹白马的聆听

这么多天过去了
好像
回忆
也没有这么忧伤吧
我
听到了曾经的
一样的
风的声音

我
曾断定
那
风里有你

可是
风

依然是风

可是
记忆里的你

还是记忆里的
你

而我
依然在

用时间站立
用忠诚守候
用耳朵聆听

那遥远的地方
那来自昨天的记忆

找一个诗人饮酒

我有一匹红色的宝马
我有一些咖啡色的往事
我有一间土屋
我有一桌不太丰盛的晚餐
我有一个美好的愿望

找一个诗人同我饮酒

我们可以豪情痛饮
我们可以谈天说地
我们可以放飞梦想
我们可以直视灵魂
我们可以触摸心灵

我们还可以忘却自我

爱您

世界上
最令人羡慕的爱情
像大海一样深

但是
您带给我的爱情
却像天空一样高

白天是明媚的阳光
晴空万里
夜晚是灿烂的星空
无限深邃

这一生
幸运的是
能够爱您
和非常爱您

诗

来自大地
还是来自天空
来自风雪
还是来自雨露
来自四季
还是来自晨暮
……
都不是

她
来自灵魂
触碰你我的世界

时光与倒流

把酒倒进酒杯里
让时光倒流

那个咖啡厅的橱窗
和对面的那杯拿铁
遥远了遥远
那个炎热的下午
东直门内大街的伏特加
那么近那么近

走了
离开了一个故事
没有惆怅
却淡然地灿烂

路上的风

天空的云

此刻

犹如倒流

鱼

红尘
是一片海

许多的鱼啊
游来游去

岸边
坐着师父
海里漂着他的
教诲

对于沙滩
海更有魅力
喜欢
涌动的感觉
尤其它

总是披着蓝色的外衣

不知道
是大海把天空
映衬射得好蓝
还是天空把大海
映射得好蓝

我
一直是一条
不会游泳的鱼

红尘
是我全身的血液
而蔚蓝
是我全部的伪装

在阿里

灿烂的阳光
照耀的地方
不是灿烂的花儿
就是灿烂的微笑

灿烂的微笑
照耀的地方
不是灿烂的花儿
就是灿烂的阳光

湖

高原的湖
是一面镜子

有一天
我去湖边照镜子
镜中的我
看起来很年轻

那时候
天空很蓝
云朵很白

忽然
一阵风吹过
突然间
我在镜子中

再也找不到自己

这时候

天空依然很蓝

云朵依然很白

风

在蓝天下
我在等
一丝风吹过

看不见风的影子
但可以听到风铃的声音

琉璃一样的碰撞声
在琉璃的湖畔
琉璃的世界

让风去寻找
那走远了的白云
和心底
那不曾走远的醉意

慢慢地

用清风和情愫

编织

和卓玛一样美丽的辫子

和思念里的

一模一样

飞鱼

一条鱼
在青藏高原上
在清澈见底的空中
自由自在地摇头摆尾
在清澈的眼眸里
在阳光里

寻找
曾经的海域
在一秒钟的记忆里
不停延续

擦肩而过
每朵白云做的浪花
飘浮的高度
再次把孤单陶醉

这是一尾

不回家的鱼

在来时的路上

执着地

寻找

来时

凡间

犹如
一片雪花的坠落
和树叶一样飘摇不定
人生
便在凡间开始

用水的滋养
和水滋养的一切事物
延续着所有索取的日子

在阳光下
和每一片树叶争夺
倾泻而下的万道光芒
没有翅膀的飞翔
在臆想的空间里盘旋

黑夜里

在布满沟壑的内心里

似笑非笑

月亮或者星星般的

微光

只是一瞬

接下来是在另一个世界的

空间里

接受灵魂

无可原谅的审判

这夜

是生死的轮回

直到

第二个清晨的阳光

让躯体重回

凡间

码头

原来的大海
在这五千米的高原上
已经没有一点踪迹

和大海一起退去的
是那远古时期的码头

只留下轮船的汽笛声
现在依然能听到的
在山坡上的
牛群中

偶尔一下

飞鱼与海

是那尾飞鱼
试图忘记大海的滋味
苦涩的咖啡和夜的滋味

曾经以为
高傲的飞翔
会有意外的天堂
却
始终逃脱不了你的泪水
始终让自己游荡在这泪珠里面

那么那么大的
大海

冥想

在一滴水珠里游泳
坠落把故事拉得很长
一尾咸鱼
终于学会了飞翔
在一滴水的一辈子里
让生命摇摆在
垂直的轨迹里
和音乐一起
顿时
让晶莹开出
许多美丽的花

孤独者

最后一支蜡烛快要熄灭
饮完最后一杯酒
让叹息在空间里回荡
敲响着孤独的墙壁

窗外的色温
似乎和太阳有关
屋里摇曳的光影
把命运搅动得更为清醒

爱和爱
好像记忆里的社戏
包括童年的气息
怀抱的味道
和父母的印记
恍惚在

生命的空间里

一个孤独者的自述
是在夜色深处
犹如夜雨
从眼眶倾泻

收起一切记忆
把故事
读给一个坚强的孩子听

倒立

给青藏高原改个名字
从此绿藏的天空也都绿得深奥

当倒立着看这个世界时
蓝色的湖泊
绿色的天空
白色的云朵

没错
草被种到了天空上
云朵掉进了湖里
就连太阳也漂在湖面上

从这一天开始
胳膊明白了
腿为什么长得那么粗壮

这一天

腿也明白了

胳膊是那么轻松

美人鱼

一片海
砸落在大地的中央
如镜子一样

所有的碎片依然湛蓝
我是一个修行人
在缤纷的镜片间寻找
美人鱼的世界
和我的世界
仅仅隔着一次遇见

为了如愿
我雕刻了一个木鱼
每天不停地敲着
就这样
敲了好多好多年

格桑花

任何的高度
总有孤独的灵动

是雪花穿越彩虹
飘落在大地上的印痕
还是
露珠这个星球的太阳

摇曳着时光
微笑的样子真幸福

多浪情歌·二

湖泊与海洋

和湖泊一样的味道
是眼眶里的汪洋

对于蓝天
湖泊是一滴泪水
对于眼睛
泪滴是一片海洋

无题

是

天空的颜色

染蓝了湖泊

还是

湖泊的颜色

染蓝了天空

蓝天与盐湖

在琉璃的世界里
寻找
传说中的盐湖

盐湖
拥有一泓蓝色的晶莹
而我
拥有一片蓝色的天空

我把梦想给了天空
却把泪水给了盐湖

在天空和盐湖的中间
有一个爱做梦的孩子

守望

有一片大海
在阿妈的眼神里
澎湃着

海面上有一艘船
海水里有一尾鱼

始终
都在不停地游着

始终
都在阿妈的眼神里

多浪情歌三

刘亚博 著

陕西新华出版
太白文艺出版社·西安

目　录 contents

辑一

辑二

辑三

辑一

海岛与海风

在你飞扬的长发上
我看到了海风

这来自蓝海的风
把某种神秘的气息带给了你
在你的微笑和沉默之间
我看到了海风

海岛
也看到了海风
很久很久了
这神秘的海洋
和来自它的风一样
总是带着眷恋

眷恋的样子

就像踏浪者路过海滩

那样

来自蓝波的风

不停息地

让长发飞扬

005

多浪情歌・三

石梅湾的海

有没有这样的时刻
一个人
和一片安静的大海
对话

在九里书屋前
面朝大海
任海风把打开的诗集
翻阅
就像不停吹动刘海的感觉
一样
我放手了所有的故事
想让它们随风而去

沙滩上
抱着帆板走过的男孩

他的影子
和他的青春一样
晃动在湿漉漉的沙滩上
就像我年轻时的影子
一样
在我潮湿的内心晃动着

大海远处
白色的帆船
悄然而过

近处
金色的海滩上
只剩下风
在翻阅一本诗集
而我
在翻阅一本日记

而涌动的海潮
是最动情的音乐
它在为我的时光伴奏着

关于整个海岸的

印记

009——多浪情歌·三

海与村落

海岛的风
把一场遇见送给了我
白查村
这个古老的黎族村落
给我讲述了许许多多的
关于船的故事

来自陆地和海洋的智慧
光一样灿烂的
另一种图腾
船形屋
安静地等候着
每一个来自远方的
到访者

我与诗歌

只是一个过客

静谧的部落

却给了我们一个归宿

安静的时光里

那些挺拔的椰树

和整个村落一样

非常安静

012

多浪情歌

木棉花

寻找木棉花
梦中的木棉花呀
曾在我的梦中
纷纷飘落

时光呀
你慢点奔跑
让梦慢点醒来
让木棉花一直盛开

好让微笑
一直盛开

牧歌

一片会弹钢琴的大海
一块孤独的礁石
一位拉着大提琴的老人
一个迷人的清晨

这悠扬的动人心弦的牧歌
来自这个美丽且寂静的岛屿
它要去往澎湃的海洋深处
带着遗失的梦想

晨光
落在老人的脸上
泪水
滑过他花白的胡须
海浪
涌过他脚下的礁石

他

忘记了这个世界

青春的影子

荡漾在平静的海面上

跃动的往事

一遍又一遍地涌向海滩

这是谁的时光

这样动听且凄凉

接受着这海风的抚摸

僵硬的神情

慢慢变得从容

是的

你的牧歌

它是不老的力量

它

迎接着每一缕晨光

和这个来自昨天的光源

一样

充满了青春的味道

并且永远都是

永远都是这样

和你慢慢衰老的眼神

一样

永远停留在这无尽的

时光之中

永远永远

永庆寺后海

谁带来的阳光

洒落在这片心海

我看不见远方的白帆

问询

来自遥远地方的风

是否有船归来

永庆寺的木鱼

一尾游动的木鱼
在老城的海边
用修行讲述着心念

南海之北
我是一个孤独的使者
不带走一朵浪花
而情愿
成为干枯的道具
任时间流逝
让空灵寂静

022

多浪情歌

痕迹

有些痕迹
留在了路上

有些痕迹
留在了面颊

有些痕迹
留在了心中

有些痕迹
留给了别人

024

多浪情歌

穿越者

梦想的翅膀
闪烁着追逐的光芒
在云顶
追寻着往事而去

不曾遗忘的
属于青春的时光
在浩瀚的天边或者海边
自由地
任天地之间的微风吹过
这是未来世界
遗忘的片段
或许
没有任何人会记得
这或闪亮或孤寂的一瞬

你灿烂的目光
与闪耀着金光的大漠
与闪烁着波光的大海
一样
在我的心里闪烁着
我们的荣耀

然而
这海枯石烂的谎言
始终没有保护好
那些无穷无尽的美好愿望
长在心头的皱纹
终于成为一道道无法跨越的
沟壑

光啊
你的箭镞终于来了
你用所有的力量
抨击着无视者的心灵
在每个夜幕降临的时候
我在粗重的呼吸里

用尽所有的力气

拿起毫无意义的盾牌

这个时候

来自爱的力量

更像一支两头枪

一头朝向未来的夜幕

一头朝向穿越者的心窝

这僵持的光阴里

全是慢慢落幕的往事

此时

梦想的翅膀

慢慢失去了原有的力量

在孤独地滑翔

风依然还在

这个世界依然还在

多浪情歌

儋州（组诗）

牛车

水牛拉的车很慢
就像这个漫长的夏季一样
它把故事装在车上
让时光慢慢路过

马井

白马井
让我联想起王子
我是一个饥渴的公主
甘愿在这里守候

洋浦港

汽笛的声音
总是来自遥远的大海
在岸与对岸之间
是长长的汽笛声

那大

那大是一座小城
在那大
我遇见了儋州
在儋州
我遇见了木棉

中南小区

很多夜晚

和很多白天一样

父母的身影

路过了时光

渔港

归来的

或即将出海的渔船

他们是为了寻找鱿鱼

而路人

却是为了寻找时光

古盐田

沉浮的大海
包容和承载了多少岁月
让阳光拥抱一下吧
这遗落的
晶莹剔透的
苦楚

东坡书院

载酒亭
安静得有点落寞
和后院的那棵大榕树一样
虽阳光明媚
却总让人感觉到一丝凄凉
时过境迁
终究还是物是人非

033

多浪情歌·三

梦与旧港

黄昏的渔港
此时
拥有着金子一般的光芒
每一条停泊的渔船
和每一个行走的路人
这是他们的时光
在平静的大海
和安静的堤岸之间

我是一阵风
路过旧港的一阵风
在这个无比迷人的黄昏
穿过这金色的世界
就像穿过一场旧梦一样
流连忘返

花开

风还没有归来
花已开
在木棉花铺满的乡道上
那是全部的乡愁

顺着海洋的方向
去寻找斑斓的往事
冬天的眼泪
在这夏日的光芒里
全部融化

海鸥
飞过从前的海港
那光影
是一道道渺小的闪电
却在青春的季节里

划出一道道
一道道酸楚的痕迹

每个人都是流浪者
在这花开的季节
你的遇见
盛开在往事的惆怅里
就像那海边的大提琴
在那孤寂的礁石上
演奏着
大海一样的
惆怅

多浪情歌

夜色

一

街灯
红色的街灯

黑夜
穿梭者的黑夜

红色的街灯
总能把黑夜点燃
却点燃不了
穿梭者的世界

二

当夜幕只剩了星光的时候

你的眼睛就是整个世界

三

黑色的眸子
被投影成了星空
星光变得遥远了许多

四

站在黑夜的角落
感觉
我依偎在心的角落

五

当黑夜来临
你常常打开心扉
希望得到阳光的温暖

当晨曦来临

你常常关闭心扉

希望这是一个秘密的空间

六

黑夜

看不见你绝望的表情

却能感受到你无助的叹息

预言家

孤独的茶盏里
总是荡漾着心境
茗香
像一朵或者无数朵
绽放的莲花
在心海里盛开着

世界
或许真的是一滴雨露
这
甘甜的空灵之境
总是在寻找一种遇见
就像你的眼睛
如朝露一样
在无奈和永恒之间
闪烁

是的
的确需要一种遇见
和你一样纯净的遇见
安静的灵魂
从头到脚
就像一尾游鱼

穿梭于莲池之间
偶尔在细雨中
在那安静的涟漪中
吐个泡泡
就像莲花盛开的样子

勇敢

和飞翔一样的力量
是的
这从来都不是梦想
这是飞翔的力量

从第一次看见阳光
到学会奔跑
飞翔便开始孕育
这是时光赋予的高度
来自生命

从未划定站立的高度
奋力地向上
是最好的诠释
有些梦想从不需要表白
它是奋斗

它是奋斗

它是梦想的彼岸

它是你的微笑

它是力量

是的

它从来都不是梦想

是的

它从来都是梦想的彼岸

广场的中央

让阳光倾泻而下
天幕
是一片拥有缤纷色彩的海洋
光的海洋

我有一束刚采摘到的鲜花
在迎接一种灿烂且伟大的洗礼
这是上苍的礼物
我用我的怀抱
和所有的虔诚来迎接

还有我的爱
一样
在迎接这纯洁的洗礼
然后送给你
包括我穿越广场中央的灿烂
和奔跑一样欢快的微笑

多浪情歌

对视的星球

这样的时刻
往往是遗忘自我的时间
深邃的夜幕里
星河是一条不会流淌的河流
它安静极了

与愿望对视
旋转在黑色眸子里的光晕
是来自遥远地方的问候
和所有的对视一样
专注的力量从来都是那么平静

你的光
如何穿过黑色的天际
还有我黑色的眸子
没有所谓的成就

黑色的世界

给了一束光一个舞台

或者

这束光

划过了一片黑色的海洋

或许

这是刺痛感最强烈的一瞬

与你的对视还在

用所有黑色的目光

拥抱着灿烂的光芒

在深邃的风里

053

多浪情歌·三

无人的海滩

在石梅湾的寂寥时光里
倾听者的傍晚
多多少少把思绪洒进
这无边无际的大海
让往事起伏

前方的岛屿
就像遥远的未来一样
我不曾肯定关于你的消息
但它
确实是一个载着梦想的地方
你看
路过它的船只
闪烁着光芒

海风

是一个会听故事的人
它在邀请我跳一支舞
这无人的海滩
总是愿意成为舞台

我们讲述的
是一个孤独的故事
就好像每个人一样
都会老去
和天荒地老一样地
在未来的地方
成为过去

火焰

我常常在寒冷的冬天
把壁炉烧得通红
让飘雪和钢琴声陪伴我
去遥远的夏天

奔跑在椰林间的光
跃动着海的斑斓
聆听者的下午
把自己变成雕塑

他的生命
融进了那汹涌澎湃的浪潮
和他的呼吸一样
来自这蓝色的火焰

这一望无际的蓝色的火焰

把记忆燃烧得无声无息

就像眼前的炉火

把柴火燃烧得灰飞烟灭

故事

我想给你讲述
讲述一个人的故事

那里有安静的大海
他在阅读
那不断起伏的波涛

每一个明媚的清晨
他的身影
总在刻画黄昏的影子

黄昏的浪啊
带着酸楚的风
摇摆着他的思绪
这一动不动的往事

幻想

是一种最美丽的遇见

幻想

那潮湿的空气中

你的气息扑面而来

那样

他可以

面朝大海

品读你的笑颜

在一望无际的花丛中

晨光

一束光
它来自遥远的时空
穿透了我的睡梦

我的睡梦
在一望无际的夜色里
那里有灰色的世界
和灰色的梦

一束光的到来
它把我从灰色的世界
带到光的时空
我的灵魂
从沉睡
到开始闪烁
光的灿烂

就像

遇见你的时候

微笑的眼睛

他来自灰色的夜幕

而你

是那一束光

那束晨光

从此

我的世界

光芒万丈

灿烂辉煌

街景

霓虹下
光汇聚而成的河流
星光灿烂

我坐在
记忆编织的竹筏上
看着
这斑斓的流水
流淌向
它们的家园

流水之光
平静而又微波粼粼
像坠落人间的彩虹
或者天河

慢慢地
这无尽的流光
慢慢淡了
慢慢地沉睡下来
和你的故事一样
慢慢地沉睡在夜色之中

过客
一座城的过客
吹着冬天的晚风
读着这陌生的光河
读着光河里陌生的往事
如读睡梦

我的光

一

遇见之间

我的光

是炽热的目光

你泛红的脸颊

是否

是因为

我的光

二

这是自由之光

的礼物

穿越无垠的大地

穿越

冰与火

它

属于王的世界

毋庸置疑

你的世界

就是王的世界

我的光

因你而生

三

全世界都宁静下来

唯你在光的中央

青苔

从未认为过

卑微

是什么样的姿态

在

守候你的路上

我可以

不需要一丝

阳光

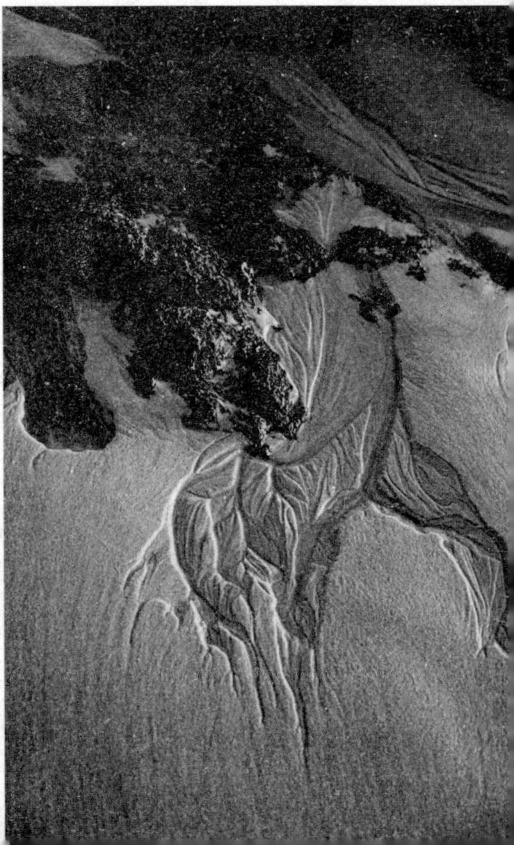

穿裙子的鱼

学着

穿着礼服跳舞的样子

试着

做一个直立行走的模样

我是一尾

穿着裙子的金鱼

在等候着你的鱼钩

降临

如果那样

我将很快

学会飞翔

074

多浪情歌

拾光者

放牧一片大海
浩瀚得如同天边的草原
每个清晨的拾光者
踏着本不孤独的脚印
去捡拾时光

在太阳未升起的时刻
从黎明之前走来
穿过海浪的声音
回味起往事里的天籁之音

我们是时光的孩子
那张脸
从沧桑变回稚嫩
在这海风刮过沙滩的一瞬
我们捡拾起曾经的光斑
那闪耀的瞬间

年轻了我们
回到了从前

光啊
我是那个从前的孩子
你是从前的那片光吗
我不止一次在梦中惊醒
在你的世界里寻找
寻找一个孩子的时光
寻找他早已习惯的遗忘
寻找梦里那年轻的父母
和泪光里的惆怅

光啊
在你流走的大河中
可有一艘老船
我想用尽生命的力量
去逆流而上
去找回那片过去的光阴
那些灿烂的日子里
每个灿烂的笑脸

遗忘

一场雨
在一个秋天
演奏着一场盛宴

整个世界
寂静了下来
穿透心灵的乐章
淅淅沥沥
倾泻而下的往事
摔落在现实的石板上
盛开一朵朵晶莹的水花
和泪花一样剔透
映射出每一个灵动的记忆

回忆里没有结绳记事
而这场雨里有

纷纷落落的记忆

在淅淅沥沥的帷幕拉开后

滴滴答答

是敲打心灵的键稚

一下

又一下

这个舞台

总是让遗忘

难以忘却

飞翔

我曾尝试着学会飞翔
在蓝天和蓝色的大海之间
在白云和白色的海鸥之间
虽然
我学不会这些精灵们的叫喊声
但是一次次地在心底呐喊
关于灵魂的样子
在海天之间回荡

飞翔吧
即使飞蛾扑火一般
也要勇敢地冲进这蓝色的天空
让这蓝色的火焰
尽情燃烧

从来都明白

这旅途的孤独

像穿过星海的月光一样

在蓝色的天空下

让灵魂穿过群鸥

让微笑像阳光一样

倾泻在每段拥有梦想的时光里

我想

那样会

无比灿烂

082

多浪情歌

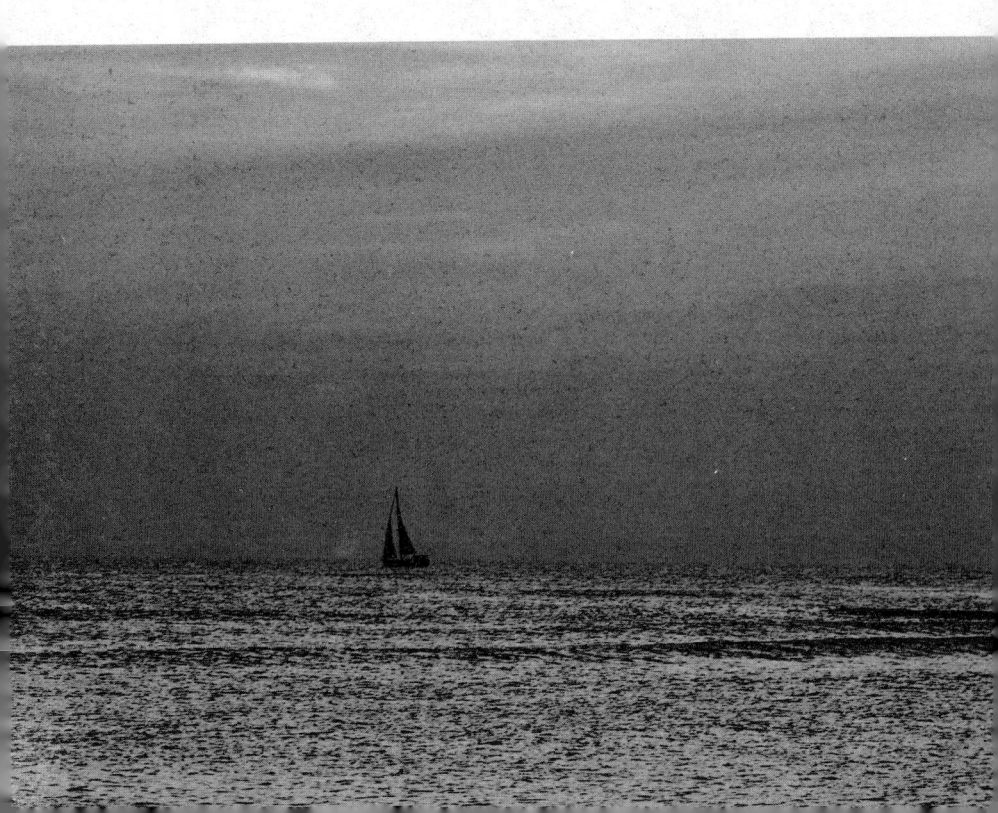

辑二

星空

总有一些闪烁的星光

在夜色里的枝头

守望

这孤单的圣女

你把自己的灵魂给了谁

留下空洞的世界

在等候每一次回归

这闪烁的泪光

总是伴随着黑夜

和擦肩而过的流星一样

那么安静

游鱼

师父的茶盏里有一尾鱼
每次加水时
叮叮咚咚
我都感觉那尾鱼很快乐

一尾爱唱歌的鱼
在师父的茶海里游呀游
游呀游
游在我的视线里
游在我的心里

游呀游
我与它开始一起游
游在师父的视线里
游在宇宙的大海里

岛屿

等待
风一样的往事
一座会回忆的岛屿
学会了思考
什么时候
能让遗忘的海水
淹没记忆

那种感觉
犹如
泪水淹没眼眶

一个没有岛屿的地方
你的船
是否会来停留

088

多浪情歌

眷恋

一条船
在宁静的长河里

一条顺流而下的船
一个逆流而上的船夫

他想把
流淌的河水
和流淌的光阴
装进那个不大的船舱里

好让眷恋
和炊烟一起
把你藏进梦里
藏进所有的梦里

诗与灵魂

笔和键盘有时
像埋葬自己的灵魂一样
把时光埋在了文字里

建造一座丰碑吧
最好不要成为暗礁
时光说
所有的风雪雨露
都是为了迎接阳光
而时光一样
我来自阳光的造就
而回归在它的脚下
这一点错都没有

而灵魂的样子
被托起的文字表达着

一株怎样的树
以什么样的姿态
在丰碑的花园里屹立
并且与阳光一起
灿烂着

时光久了
这些文字像经过酿造一样
所呈现给你的
不是美酒
就是美醋

河流

你的梦
是一条河流
逆流而上
从大海开始
寻找源头

烟火
和泪水里的尘埃
哺育了一个时期的梦想
黄色的
奔腾而过的洪流
像我们的爱情一样
我抓不住
却看得清楚
所有的

令人窒息的情节

如同一片记忆

随波逐流

愿意这样

随着

火一样的热情

边燃烧

边沸腾

天空

我看不懂你的高度
但是我努力地踮着脚去爱你
一个任思想放飞的空间
一直有爱该多好
犹如飘游的云朵
那么活泼
在光芒的世界里
自由地奔跑

这没有边缘的容器
像蓝色的大海一样
悬挂在空中
看着你
除了包容
更多的是
用独有的爱的方式
给你多一些微笑

盛开

来自空灵的上方
淅淅沥沥
无数朵花蕾在往下飘落
讲述着水滴和幽灵的
相遇
在寂静的石板路上
和安静的瓦房上
绽放着生命的清澈
水晶一样盛开

一朵油布伞
和一朵关于你的微笑
在一次非偶然的回眸里
走进这三月的世界
多想让这缤纷的雨季
静止下来

然而这淅淅沥沥的花开声
不停息地落在心田
和盛开在心里的花丛中
让惆怅像一壶温酒一样
愈品愈醉人

这淅淅沥沥雨中的古城
此时
没有从前
只有此时
和风一样飘过的思绪

安静地回眸
和不安静地回首
让遇见成为不停息的
心雨
淅淅沥沥

099

多浪情歌·三

问候

当寒冷再次来袭
问候却像热带雨林的晨曦
星星点点地洒下来
每一片绽放的树叶都挂满星光
来自冬天的孩子
酷爱每一丝北风
然而这纷纷而来的问好
多像你晶莹的目光
那温温的味道
像进入整个夏天一样

行走的风
从未孤独过
而这一次
它沉默了
沉默的风好安静

在阳光下安静的样子

暖暖的

唐朝的烤鱼

隔着一条街
我看见了唐朝的烤鱼
美滋滋的味道
从唐朝传到了宋朝

阁楼旁的露台上
我是一个想吃烤鱼的秀才
我不在意唐朝的大街上人来人往
我只在意那烤熟的鲤鱼
会不会像跳龙门一样
跳到宋朝的露台上
我想请它一起
喝一杯宋朝的酒
让它给我讲讲
唐朝的河里
到底有没有美人鱼

迁徙者

在一阵风中
迁徙者的目光明亮了起来
那遥远的地方
拥抱着你
故事里的沧海
比记忆里更加沧桑和博爱

在摇曳的椰林下
海风的徘徊
分明是想吹干你的泪
把你的泪水融入大海吧
虽然咸了整个海洋
但是
包容的心
海知道

飘零记

对清水湾的记忆
从一片树叶掉入大海开始
这叶小舟
迎接着每一丝阳光
勇敢的世界里
不止有每个黎明
而对于夜色
再漫长的等待
都是关于爱的酝酿
没有什么不可以
包括门前的那艘船
追浪
是离开后的彷徨
除了爱人
这是个陌生的地方

情种

他们说
每一片大海都很迷人
尤其是清晨海边的沙滩

黎明前的潮汐
带来了有些人的故事
带走了有些人的思念

这一片
可以寻找记忆的海啊
我想寻找我的故事
你告诉我
它在哪里

海风
请不要再吹着我

吹得每一滴泪水都发咸

海浪

请不要再漫上来

我的鞋子已灌满沙子

而你的船

偏偏又去远行

而我

偏偏又是一颗多情的种子

多想在你的心田发芽

版画

背叛所有的遗忘
守望的眸子里
每一缕光的影子
都是你模样

用尽力气
我始终
是一条飞不出泪珠的飞鱼

晨光雕刻了大海
给了世界
而你雕刻了思念
给了我

节日

如果
你懂得
每一天
都是一个美好的节日
关于我们

那么
玫瑰
将不再属于花束
它属于大地
每一天
都在为爱生长

光

黎明前
开始迎接你的光芒
而黑夜
只是个序幕
犹如
尽其所有的守候
只是这个剧本的开头

夜不是黑色的世界
只是没有你的到来

我想戴上这一缕光环
从此每个夜晚
都有皎洁的月光

红茶

一杯早茶
盛满了红尘
请不要搅动
这翻滚的浪潮
会让心海
久久不能平静

健康就是
银壶

梦境

在这个世界里
一个不穿衣服的灵魂
裸奔在月色下
微弱的光
照不见你的影子
但是
看见了那疲惫的发梢
刚刚滑过鲜红的嘴唇

讲述

把故事讲给海听吧
我是这样想的
别辜负了所有的渔火
和下在故事里的雨
夜幕就夜幕吧
看不见桅杆的摆动
有心跳就行
和灯塔一样晃动着
驶向你的方向
黑色的大海
犹如你黑色的眼睛

多浪情歌·三

中和镇的书院

只有下雨的时候
中和镇的书院才是书院
阿三家的水牛驮着阿三家的小阿三
从书院北边的稻田走出来
水牛低着头
一步一步地缓缓前行
好像在思考着什么
牛背上的小阿三
挺直着胸膛
不时地抬头看着天空
好像在思索着什么
细细的如同牛毛一样的雨
不停地飘落在小阿三和水牛的身上
也悄悄落在旁边书院的荷塘里
溅起圈圈涟漪
书院里静悄悄的

除了沙沙的雨声

也正是这沙沙的雨声

感觉好像是东坡居士的脚步声一样

但是他的脚步声

应该是近千年前的事情了

那个时候的雨天

也许和今天一样

阿三的祖宗也许像小阿三一样

骑在牛背上

拿着一支柳笛

轻轻地吹奏着这春天的喜悦

而东坡先生可能正躺在书院里的摇椅上

侧着耳朵

静静地倾听着这来自墙外的天籁

船

一条船
在岁月里荡漾着
讲述
关于它的故事

每一次远行
和每一次归来
爱和远方
都是交织在一起的梦

一样的港湾
不同的颜色
离开时
远方是一片蓝色的梦
归来时
港湾是一盏温馨的灯

赵先生的店

那个冬天
在吹着海风的西岸
我遇见了赵先生店里的赵先生
赵先生
拿出研磨了四年的咖啡
时光荡漾在那个精致的咖啡杯中
冒着芬芳的热气
让夏天慢慢地盛开在冬天里
和赵先生的微笑一样
咖啡浓郁地散发着时间的味道
如同一杯老酒一样
如同赵先生一样
沧桑的杯中
不全是海风
更多的是迷人的风景
风景里
有一片正在盛开的鲜花

旅途

在家乡和异乡之间
是旅人的旅途
在冬天和夏天之间
是旅人的牵挂
在醒着和睡着之间
是旅人的思念

在你和我之间
是长长的旅途

风景

风
从冬天刮到了夏天
我在风里

陪伴一路的风
从未描述过
这个旅途的感觉

风说
包裹着你
就是我的旅途
这一路
我只感受你的体温
而把风景留给你

顿时

我明白了

冷暖在自知之前

风知道

尘埃

在风里
看见了沙子的世界
被海浪一遍一遍地淘洗
如钻石一样
闪耀着璀璨的光芒

对于一粒尘埃
对璀璨的向往大于一切
超越了命运的界限
梦往往是这样
所期望的
总是离自己很遥远
遥不可及

就做一粒尘埃吧
随风而起
随缘而落

夜光

窗户外面泛起的夜光
似乎来自不远处的海滩
或者来自微弱的月光
也或许
是心灵的光芒在绽放

是吗
每个夜晚的颜色都是这样
这让夜光复杂了许多
一个不会拉小提琴的旅人
在确定这个路口没有熟悉的眼神后
开始属于自己的音乐会
让海浪来伴奏
让心灵倾听的同时
品味着夜色独有的口感
那种青杧的味道

和放下电话后的失落

思绪

什么时候能成熟起来

或者走得远远的

让夜色慢慢纯净起来

让仅有的阑珊慢点熄灭

西岛

西岛
把海洋的蔚蓝
定格在灿烂的阳光下

阳光
把椰树的影子
定格在大地上

而我
把你微笑的模样
定格在心里

蓝玫瑰

在一段孤独的时光里
我不时地眺望
海风里
那来自远方的邮轮
那熟悉的汽笛声
是否可以带来一个希冀
让一束玫瑰
快速穿越人群
瞬间
拥有全世界的微笑
以及
整个海洋的蔚蓝

沙滩

那个下午
看海的人像往常一样
踏着落潮后湿漉漉的沙滩
在海风里慢慢地行走
他的眼睛
一直注视着前方
那是落日的方向
夕阳的金辉
已经弥漫了整个海滩

沙滩上
一艘搁浅的渔船
像一头疲惫不堪的鲸鱼一样
躺在沙滩上睡着了

渔家兄弟的一家

像拉纤一样
用一根粗粗的绳索
把一捆捆渔网拖下渔船
再拖到岸边
阳光打在他们的脸上
那种微笑
是这个下午我见到的
最纯朴的微笑

夕阳下的海滩
那金色的黄昏
那波光粼粼的画面里
我还看见了金色的童年
和一个孩子来自未来的回忆

飞鱼与海

想成为一条飞鱼
有着跃过龙门的憧憬
于是
练习冲浪的感觉
很容易让自己感觉到
飞翔的自由

每一次
站在浪尖的时候
飞翔的快感
总是一种动力
让梦想和海浪一起涌动
这是属于自己的快乐

追逐的浪潮
推动着从容的微笑

这个世界上的爱

原来

是一种来自自我的力量

原来

所追逐的世界

全是幸福的光影

月亮

清水湾的冬天
一直开着花
尤其是争奇斗艳的三角梅
把这个冬天装扮得很不好意思

从海边刮来的风
温和中带有一丝凉意
这是清水湾的温度
对于北方来客来说
换个角度
春天便在眼前了

东北餐馆里的大棒骨
和阿叔的茅台酒
芬芳了岁月
留住了流年

那个夜晚
我和阿叔们都回到了从前
从前仿佛就在酒杯里
我们生怕失去它
一杯杯把它装进心里

那天晚上的月亮很明亮
那天晚上
我的眼里看见了两个月亮
一个是那时的月亮
一个是从前的月亮

从此以后
清水湾的月亮
总是有两个
一个在眼里
一个在心里

辑三

早安大师！

迎接晨曦的态度
有着高于光芒的温度

在黑夜和白天之间
你的步伐踏转着分针
一下又一下
海浪在为你打着拍子

突然间
晨曦倾泻而来
照亮了你的微笑

早安
大师
我的脸庞
还有你镜头里的作品

都闪烁着微笑

是的

这是个灿烂的日子

网

从船上撒下的网
和在岸边撒下的网
一样
大多次
或多或少都有些收获

而渔船
和这撒网的渔夫
始终被日子
被这些平淡的日子
久久地网在里面

许多年了
好像
没有留下任何记忆

牛的爱情

这段爱情
像这个冬天一样
来得缓慢
去得也缓慢
虽然
不能像骏马一样奔驰
但是一步一步
慢慢地耕耘着大地
在自由的世界里
做个快乐的先生
咀嚼着时光
体味着爱情降落在身上

望乡

隔着一片大海
故乡盛开在
一朵朵红色的木棉花中
和晃动的红酒一样
微笑地讲述着
那个遥远的地方
那从小到大
从近到远的乡愁

这个春节悄然而至
节日的氛围在心里
像一团燃烧的烈火一样
噼噼啪啪地响着
这是要用浓浓的乡情
才能点燃起来的

身处异乡

那满满的记忆和情愫

犹如那海潮一般

汹涌澎湃

久久不曾停息

所有的思念

瞬间

犹如一幕幕泛黄的画面一样

显得尤为厚重

生命的记忆

瞬间也被这浓浓的年味感染

这浓浓的年味带来浓浓的乡愁

也只有这浓浓的乡愁

才愈来愈醉人

这盛开的乡愁

这游子的梦

在远离故乡的日子里

何止一次举起这杯涩涩的酒

透过这丰盈的酒水

透过这晶莹的泪花

看见了

那遥远的故乡

那动人的往事

遗忘

在一片回忆里
大海一样的
或澎湃或安静的往事里
寻找一尾闪着鳞光的游鱼

光束下的大海
浩瀚无垠
如行走过的沙漠
无边无际

这个世界也许就是这样
我们一直是在寻找中度过
和黄昏的等候一样
总是回过头来看看从前

不知道

是陆地包围了大海
还是大海包围了陆地
犹如弄不清楚
是爱包容了恨
还是恨体现了爱

是的
和沧桑的心
总是包围着往事
一样
让往事成长吧
汇成一片大海
在浩瀚无垠的大海里
寻找遗失的自己

从此
所有的遗忘
不再是遗忘

孤独者

在春天的梦里
嘉绒是遥远的故乡
山丘上的绿草已经发芽
回家的感觉犹如一趟旅行
在陌生和熟悉之间充满向往

上师的红袍
随着蹒跚的步伐
在明净的阳光里微笑着
去追随一场盛宴
关于灵魂的去向
在神圣的净土里
栖息着初爱的样子

尘缘的尽头
原来是永恒的开始

在没有任何语言的意境里
对你的祈福代替了所有的凡念
做一个专属的使者
让你的灵魂寄生

从此之后
如光束一般
绚丽地划过星空
这孤独的灿烂
或许
能成为望星者的记忆

等待游泳的鱼

躯体已游入深海
留下装着灵魂和尊严的头颅
像被遗弃的残骸
千疮百孔
学会了呼吸
咸味的气息
它拥有故乡的味道

我是一条热爱游泳的鱼
而你的胸怀
没有一片海洋
穿越沙漠的游动
试图尝试爬行

每个清晨的愿望
等待游泳的鱼

直到晶莹的海潮

漫进你内心的深处

回家的鱼

题记：黎明，一片海滩上，零零散散地躺着很多睡觉的鱼，它们是那么安静，也就在刚刚不久之前，它们随着海浪在奔跑，勇敢地向前冲，但是它们没有意识到前面有很多礁石……

一片海洋
和海风里的黎明
和一些没有记忆的
躺着睡觉的鱼

那个清晨
遇见你的穿梭
遍体鳞伤的游鱼
这是你的家乡
回归了
每块礁石都是回家的门

与浪的穿越

你的勇敢

是最美的时刻

光明与温度

一棵树的光与影
是清凉与制造者的和谐
成就是彼此的生产者
它们是自然的韵律

清凉与严寒不是一个维度
满世界的光
看你以什么温度去看待

站在一间冰冷的房子里
看窗外阳光灿烂的夏日
冰冷的颜色就是这样
犹如
站在温暖的房间里
看雪花纷扬的冰雪世界
更会想象哈根达斯的美味

你的温度

与世界的温度一致

一直都是这样

犹如你的容颜

与内心的花园一样

从容绽放

应该是美丽的春天

沉默

那一刻的默
用下沉的轨迹表达
无言的方式
在眸子里闪烁着日光
还有雪域及羊群

我的世界里没有乐曲
除了天籁
和你的名字
在心底
被一遍一遍地唤醒

沉默是一条孤单的船
或一只孤独的雄鹰
在想你的距离里
静止着

城堡

依云啊
这自由的云朵
从冬天藏到了夏天
安静的风
在默默地寻找
和我的足迹
在幸福里

依云啊
我看不见
城堡的灯光
除了星光
和月光
还有心灵的光芒
在闪烁
和那平静的海面

这座城堡

是美丽的秘密

在悄悄地闭着眼睛

温和的气息

像刚喘过气的孩子

在追逐繁星过后

安静地在丛林中小憩

只看到

你的嘴角

微微地笑过

眼睛

沉睡了许多年
在礁石上的印痕
闪动着
潮汐的晶莹
注视着
来自心灵深处的灵动
守候着
岁月的风风雨雨
和那场
没有预约的遇见

黎明与海

一尾鱼
搁浅在黎明的沙滩

潮声依旧
却渐渐远去

被大海抛弃的孩子
却安静地坐在
陌生的沙滩上

这样可以
像从未离开过
远远地听着你的声音
从这个黎明开始

看海的人

一条船
行驶在北纬 18°
在平静的海平面
等待启明星
坠入大海

一个看海的人
看着这不平静的大海
看着大海里的往事
透过薄薄的晨雾
透过睫毛下的水珠

浓浓的乡愁
被海浪搅动着
礁石上的眺望者
静得
像块石头

眼泪

从沙漠走来
除了沙子的气息
一个不会讲故事的人
和一峰不会说话的骆驼
在绿洲的海边

在发咸的海风里
看见了沙滩上汹涌的大海
眼睛顿时湿润了
终于
在不该哭泣的地方
学会了流泪

海边的书屋

一个看海的人
遇见
石梅湾的海浪
如同遇见
坐在沙滩上的自己

这个宁静的下午
在海边的书屋旁
安静地看海

此时的大海像一本书
海风正在不停地翻阅着故事
此时的书也像一片大海
不停地
把海浪掀向眼前

海风里

一个读者

一面读着大海

一面读着自己

天涯

谁说的
在天涯海角
可以寻找到你

我来了
如今还牵着你的手
但灵魂的火焰
已经熄灭

原来
心中的爱
不在天涯海角
而在距离最近的心里

妈祖的船

一条妈祖送的船
在绚丽的朝霞和晚霞中沉浮
船上载着星光
和许许多多斑斓的梦

黑眼睛里的浪花
美丽的美人鱼
蓝色的人鱼世界
究竟有多少年的记忆
让泪水汇流成海

时空里
妈祖的船
带着你穿过
记忆的深处
那深深的记忆
那蓝色的太平洋

白查

一个村落
被遗忘在密林深处
一艘艘草船
停泊在记忆的岸边
在回忆的浪潮中晃动着

那些原始的故事
在耕种和航行之间
呵护着手中的灯火
世世代代

水晶鞋

那个舞台
无边无际的沙与海

日光灿烂
如细雨般散落
风做的帷幕
缓缓开启了一场
蓝色的盛宴

一个人的舞鞋
旋转了
水晶的所有光芒
璀璨夺目
弥漫着整个剧场

鱼鳞洲的黄昏

一个寻找黄昏的人
带着一个酒壶
来看日落

鱼鳞洲的沙滩
是金色的
酒和看海人
是一张怀旧色的照片
孤独的背影
依然挺拔
但是他不敢回头
因为
回望的世界太晶莹

骑楼古街

我用一个下午的时间
游历了七百年前的街景
和如今一样
和未来一样
熙熙攘攘

这散落在当代文明中的建筑
是一个个有生命的标本
许多岁月停留在这里
悄然地
演绎着几百年的风和雨

临高角

路过这片平静的海滩
我望着蓝色的大海
和港湾里绿色的渔船
静谧的夕阳
和安逸的村落

这是解放海南的登陆点
但是我看不见那千帆竞发
那浴血奋战的画面
只看见解放公园里的灯塔
和伫立在海风中的雕塑
这是英烈们的丰碑
在这里安静地驻守着时光
每一天
每一刻

一切都已过去了

我似乎在寻找着什么

宁静的沙滩

能否告诉我些什么

还有那些风中的椰树

能否给我一点启示

关于英雄的足迹

是什么让他们那样勇敢

那样热血沸腾

那样奋不顾身

古盐田

苦涩
为什么不能成为生活的调味剂
蜜糖的滋味
并没有在我们的血液里传承
而所有的血液
都拥有来自大海的味道
而古盐田和所有的田地一样
播种着未来

这是一种情愫
伴随着酸甜苦辣
伴随着春华秋实

沙漏

时光的沙漏
把沙子
遗落在这无尽的海滩上
时光啊
我如何能够挽留住你
如同这不息的浪潮
一遍又一遍地拥抱你

海边的大提琴

与海交流
讲述惆怅的往事

大提琴
把回忆拉得好长
任那些遗失的片段
在海风里飘摇
闪耀着灿烂的光斑

我是一个喜欢回忆的人
回忆里没有自己
只有你
和那些灿烂的日子

黄昏

喜欢黄昏的海滩
乡亲把渔船停泊在了岸边
太阳把光辉倒进了大海
我是一尾直立行走的鱼
在把思念仔细地寻找

时光

把时光全部倒进大海里

让余生变成一条小船

我不需要灯塔

只需要你的微笑

陪伴

没有方向

其实有时就是最幸福的方向

许多年以后

这条船沉到了海底

才发现

所有的往事都是斑斓的星空

致

沙滩
从未向海洋要过一片宁静
却给了它一个怀抱
而你的眼睛
触摸了那么多的阳光
却不曾给世界一丝温暖

路过

从

我的影子追着我

到

我追着我的影子

只有路灯知道

从

我的影子由长变短

到

我的影子由短变长